소설 문익점

목화

목화-소설 문익점: 큰글씨책 2

초판 1쇄 발행 2017년 11월 6일

지은이 표성흠
펴낸이 강수걸
편집장 권경옥
펴낸곳 산지니
등록 2005년 2월 7일 제 333-3370000251002005000001호
주소 부산광역시 해운대구 수영강변대로 140 BCC 613호
전화 051-504-7070 | 팩스 051-507-7543
홈페이지 www.sanzinibook.com
전자우편 sanzini@sanzinibook.com
블로그 http://sanzinibook.tistory.com

ISBN 978-89-6545-448-9 04810
       978-89-6545-446-5(세트)

* 책값은 뒤표지에 있습니다.
* 이 도서의 국립중앙도서관 출판예정도서목록(CIP)은 서지정보유통지원시스템 홈페이지(http://seoji.nl.go.kr)와 국가자료공동목록시스템(http://www.nl.go.kr/kolisnet)에서 이용하실 수 있습니다.(CIP제어번호: CIP2017027547)

소설 문익점

목화 ②

표성흠 장편소설

산지니

차례

베 짜는 고려 여인

하루는 달성귀가 자기 별채로 익점을 초대했다.

별채는 여느 집과 마찬가지로 대나무로 듬성듬성 엮어 올린 벽과 바닥에 화덕이 있는 전형적인 남방식 가옥이었지만 이 집은 특별히 2층으로 되어 있다. 보통은 방이 하나밖에 없는데 웬 방이 하나 더 있나 하고 유심히 위층을 살피는데 달성귀가 먼저 설명을 한다.

"그곳은 베 짜는 방이외다."

"베라니요?"

"아무리 더운 지방에 사는 사람이라도 옷은 입어야 하지 않겠소?"

달성귀는 먼저 만나봐야 할 사람들이 있다며 만나면 반가워

할 것이란 말부터 먼저 한다. 얼핏 보니 2층에는 몇몇 여인네들이 앉아서 무슨 일들을 하고 있었는데 머리를 쪽 지어 얹은 모습도 보이는 듯 했다. 그런데다가 그 여인네는 수수한 무명옷을 입었다. 다른 사람들 모두가 울긋불긋한 색상의 옷을 입고 치렁치렁한 은장식 머리띠를 둘렀는데 유독 한 여인네만이 저들과 다른 차림이다.

먼저 2층 사다리를 올라간 달성귀가 그에게 말한다.

"여기 누가 있는지 한번 보세요."

그 소리에 일을 하던 여인네들이 일제히 이쪽으로 고개를 돌렸는데 머리를 쪽 지어 얹은 여인네만이 고개를 폭 숙인 채 일을 계속 하고 있다. 남이야 뭐라든 자기 일만 하는 그런 성격인가 보다 하였는데,

"저 여인이 바로 고려 여인이랍니다."

하고 달성귀가 '고려'라는 말을 하자 여인은 고개를 반짝 돌려 익점을 바라본다. 머리를 쪽 지어 얹은 바로 그 여인네였다.

"고려 여인?"

익점이 이렇게 묻는데 여인도 덩달아 '고려 사람?' 하고 놀란다.

어떻게 고려 여인이 이런 이역만리에 와 있을 수 있단 말인가?

"이 여인은 몽골 장수의 여자였지요."

처음 여기로 올 때는 장수의 여자였었지만 그가 죽자 버림을 받았다. 전장에 여자를 잘 데리고 다니지 않는 몽골인들이었지

만 그 장수는 이 여인을 너무도 아낀 나머지 가는 곳마다 동행을 하였다.

"그러한 사이였으니까 그가 죽자 여인도 함께 죽기로 작정을 한 게지요."

스스로 자진해 목숨을 끊으려 하는 것을 겨우 말려 여기 머물도록 했다는 이야기다.

달성귀의 이야기를 듣고 있는 여인의 눈에서 한 줄기 눈물이 내비친다. 이런 모습으로 고려인을 만난다는 게 부끄러운 일이라면서 여인은 더욱더 흐느끼기 시작한다. 주변 사람들의 이목도 아랑곳없다. 그만큼 쌓인 설움이 많다.

익점은 문득 목은의 말이 떠오른다.

'고려 여인 다 잡아다가 뭐하는지 모르겠어.'

이게 그 진상이다. 전쟁터에서 큰 공을 세운 장수들에게 고려 여인을 하나씩 상급으로 베푸는 게 원나라의 논공행상이다. 대부분은 조금 데리고 살다가 버리는 게 저들의 습성이었지만 이 여인은 그래도 남자에게 사랑을 받았던 모양이다. 그러니까 남자를 따라서 전쟁터를 누비고 다녔을 것이다.

익점은 이 여인과 한참 동안 고려 말을 주고받았다. 다른 사람들은 이들이 무슨 이야기를 하는지 알아듣지 못한다. 그런데도 몇 마디 하고 나니 더 이상 할 말이 없어진다. 무슨 말이 더 있을 것인가? 둘 다 이역만리에 붙들린 몸이 아니던가?

주변을 둘러본다. 함께 일하는 여인네들 중에는 검정 옷에다가 온통 꽃무늬를 수놓은 옷과 두건을 쓴 여인네도 있다.

"저들은 묘족이라 합니다."

달성귀는 어떻게 해서 이곳에 이런 다양한 여인네들이 모여 살게 되었는지를 설명한다.

"그게 다 난리 탓이지요."

전쟁 때문에 원나라 군사들이 밀려들었고 그들이 각기 다른 곳에서 모여든 여자들을 데리고 들어왔다는 것이다. 각기 그 나라들마다에서 공출된 여인네들을 아내로, 혹은 밥 짓는 노역자로, 짐 끄는 일꾼으로 끌어들였는데 저들의 참상은 차마 눈뜨고는 볼 수 없었다 한다.

"낮에는 노역으로 밤에는 또 밤대로 병사들의 노리갯감으로……."

그런데 이상하게도 이곳에 주둔했던 몽골 병사들은 모조리 병에 걸려 전멸했다는 이야기다.

"풍토병 때문이지요."

남자들은 다 죽었는데 함께 온 여자들만은 풍토병을 이기고 살아남았다. 이것도 희한한 일이라고 한다. 어떻게 그 병사들은 다 죽고 여자들만 살아남았을까? 알 수 없는 일이다. 그 덕분에 이 산에는 아무도 들어오지 않는 무인지대가 되었다.

"이제 저들도 겁을 먹었어요."

여인네들 중에는 고려인, 묘족 외에도 장족, 카렌족 같은 고산족들도 있다 한다. 그중 라후족은 고구려인들이 노역으로 끌려

와 탈출한 나머지 집단으로 부락을 이루고 사는 고산족이 되었
다는데 달성귀도 아직 그들은 만나보지는 못했다 한다.

"그런데 한 가지 이상한 점이 있지 않습니까?"

달성귀는 갑자기 그 질문을 익점에게로 돌린다.

"이상하다니요?"

"여기가 꼭 인종 전시장 같다는 느낌이 든다 이 말씀입니다."

어쩌다가 이렇게 되었는지는 잘 모르겠지만 사방에서 끌어다
놓은 여인네들과 함께 살다 보니 연구할 게 많다는 달성귀다. 그
리고 재미있는 생각을 하나 했다면서 고려 여인과 고려 남자가
만났으니 이제 그 순수 혈통을 보존함이 어떻겠느냔 뚱딴지 같
은 이야기다.

"선생을 처음 만났을 때부터 그 얘기를 하고 싶었지만……."

어떤 분인지를 몰라 지금까지 말을 못하고 있었단 달성귀다.
그러니 여기서 고려국을 하나 더 만들어보란다.

"밀림에서는 먼저 차지하는 사람이 임자예요."

사람이 열만 모여도 한 나라가 탄생한다는 달성귀다. 자기도
벌써 치앙마이를 벗어나 독립된 한 나라를 이루었다며 저 산 너
머 계곡만 하나 차지하면 소왕국이 된다는 말을 아무렇지도 않
게 늘어놓는다.

"나는 말이외다, 욕심이 없어서 그런지 몰라도 이런 소왕국이
좋아요."

그가 꿈꾸는 왕국이란 왕국이 아니라 한 촌락을 다스리는 촌

장 정도를 뜻하는 것 같았다. 달성귀는 원시 부족사회를 꿈꾸고 있는 인물이었다.

"그건 왕이 아니라 촌장이지요."

"하하하하. 그 말이 맞소이다. 나는 말이외다. 촌장이 좋아요. 촌장이……."

그러니 이웃에 살면서 고려촌장이 되어달라는 달성귀다. 로구호에 여인천하가 있다면 여긴 남성천하다. 그런데 남성이 없다. 혼자서 무슨 재미로? 그러면서 그는 선뜻 고려 여인을 선물할 터이니 데리고 살라 한다.

"고려 여인은 이제 선생 겁니다. 데리고 가세요."

익점은 이런 두 사람을 멀뚱하게 쳐다보고 있는 고려 여인에게 함께 가고 싶으냐고 묻는다. 가서 왕국을 차리든 촌락을 이루든 우선은 여기서 이 여인과 함께 나가고 싶다. 이렇게 해서 새로운 고려촌이 탄생하게 된다.

고려 여인은 다소곳하게 익점의 품으로 안겨들었다. 가슴이 따뜻한 여자였다.

달성귀는 여인들을 모아 베 짜는 일을 더욱 강화시켰다.

"여인들이 놀면 뭐합니까?"

그 전에는 나무껍질을 벗겨 그걸로 베를 짰는데 요즘은 목화라는 풀을 심어 그 꽃을 따 솜도 타고 베를 짠다고 했다.

익점은 그 베가 바로 고려까지 팔려나가는 면포라는 것을 알았다.

"이 베는 없어서 못 팔지요."

베를 짜놓으면 상인들이 와서 사 간다. 상인들이 들어오면서 생활에 필요한 여러 가지 필수품들을 갖다 주기 때문에 여기 앉아서도 불편하지 않은 생활을 할 수가 있다는 달성귀의 이야기다.

"여기서 짜는 베가 고려나 일본국까지 팔려나간답니다."

그런데 도대체가 그런 일을 맡길 만한 인물이 없다는 것이다. 혼자 하기에는 너무 벅찬 무역업이라 동업자가 필요하다.

"물건은 많으면 많을수록 좋아요."

그래야 상인들이 더 자주 들어온다. 생산품이 많아야 상거래가 활발해진다는 것이다. 그러한 사업의 동업자로서 일을 해달라는 달성귀의 부탁이다. 이렇게 하지 않고 억지 노역을 시킨들 어떻게 할 것인가? 선택의 여지가 없는 일이다.

"그러니 고려 여인과 함께 치앙마이에다가 고려왕국을 하나 건설하는 겝니다."

왕국을 건설하건 안 하건 달리 살아갈 방도가 뭐 있겠는가? 익점으로서는 달성귀의 이런 제안이 고마울 뿐이다. 고마우나마나 시키는 대로 할 수밖에 달리 어떻게 할 도리가 없는 입장이 아닌가?

골짜기 사람들은 옥수수와 메밀, 수수, 콩 같은 작물을 기르기도 하고 소 닭 돼지 같은 가축들도 기르고 있었는데 이상하게도 돼지는 우리 속에 가둬 기르는 것이 아니라 밧줄을 목에 걸어 기둥에 묶어놓고 기른다.

그는 여인의 이름을 목화라 불렀다. 때마침 산기슭을 일구어 만든 다랑이 밭에 목화꽃이 연분홍으로 물들었고 그를 맞는 여인의 볼에도 마치 꽃물 같은 홍조가 흘렀기 때문이다.

"목화!"

그는 나직이 이렇게 속으로 불러본다.

목화는 밥만 먹고 나면 면포를 짰다. 목화가 짜는 베는 익점이 집에서 보아왔던 모시나 삼베 같은 것이 아니었다. 모시나 삼베는 모시대나 삼대를 베어 뜨거운 물에 익힌 뒤 그 겉껍질을 벗겨 실을 만드는 데 비해 이곳 사람들이 짜는 베는 그 방법이 다르다.

면화란 목화에서 나오는 일종의 꽃송어리다. 목화꽃이 지고 나면 그 꽃 대궁에서 애기 주먹만 한 열매가 맺는데 처음엔 달착지근한 맛이 난다. 이게 익으면 물기가 빠지고 하얀 솜이 된다. 솜이 그 겉껍질을 깨고 나오는 모습은 병아리가 달걀에서 나오는 것과 같다. 이 병아리들을 꺼내어 모은 것을 솜뭉치라 한다. 솜은 푹신푹신하고 따뜻하고 보드랍다. 하여 이것을 옷 속에 넣으면 솜옷이 되고 이불 속에 넣으면 이불솜이 된다.

"황금의 꽃이에요."

"목화!"

달성귀는 목화를 황금에 비유했다.

그런데 목화에서 솜을 뽑아내는 일은 힘들다. 솜에서 실을 뽑

14

아내는 과정은 더욱 힘들다. 처음 목화꽃을 껍질 속에서 까내어 그 마른 꽃송이에다 대고 가락이라고 하는 긴 나무 꼬챙이를 대고 감아올리면 가느다란 실오라기가 생기면서 솜들이 길게 이어지는데 이것을 일일이 뽑아 올려서는 실꾸리에 감는다. 이 실을 날줄과 씨줄로 엮어 베를 짜는데 이 일련의 작업은 결코 만만치가 않다. 때문에 혼자서 할 일은 못된다. 여자들이 일 년 내내 모여 앉아서 공동 작업을 한다.

실 꾸러미가 완성되면 베를 짜는 일은 혼자서도 할 수 있다. 이미 여러 과정을 통해서 얻어진 실 꾸러미를 가지고 손으로 엮어나가면 되는 것이다. 베틀을 만들어 씨줄을 세로로 고정시켜놓은 다음 가로로 날줄을 넣어 짜면 베가 된다. 날줄의 실은 북 속에 담겨져 좌우로 왔다 갔다 이동하며 천을 만들어낸다. 이게 베가 된다. 이 작업은 하루 온종일 해봐야 한두 뼘밖에 나가지 못한다.

베 짜는 일은 신라에서도 성행하였던 일이다. 신라 서라벌에서는 베 짜기 대회가 열릴 정도였으니 고려라고 베 짜는 일이 없었던 건 아니다. 그렇지만 그 베를 짜는 감이 다르다. 삼베나 명주를 짜는 일은 있었지만 무명을 짜는 일은 없었다. 목화라는 게 없었기 때문이었다. 익점은 이 목화에 대한 관심이 더욱 커져갔다. 앵두가 입었던 바로 그 옷감, 그 옷감 속에 누벼 넣었던 솜이 바로 이 목화였던 것이다.

여자들 중에서 베 짜는 솜씨가 가장 뛰어난 사람이 바로 목화다. 목화는 천성적으로 손재주를 타고났다. 가느다란 손가락은 물론이고 그 손가락을 어떻게나 빨리 움직이는지 다른 사람은 따라갈 수가 없다. 또한 그 손놀림의 섬세함이 다른 여자의 추종을 불허한다.

달성귀는 이미 여러 부족의 여인들 중에 고려 여인의 손놀림이 가장 빠른 걸 눈여겨보았던 게 틀림없다. 하여 모든 여인네들이 실 뽑는 공정까지의 일을 해놓으면 그 다음 베 짜는 일은 목화에게 맡겼던 것인데 익점의 보호 아래 두면 일을 더 열심히 할 것 같은 예감을 가졌던 모양이다.

한 여자아이가 태어나면서부터 결혼할 때까지 일을 해야 출가할 때 가지고 갈 수 있는 혼숫감 몇 벌을 지을 수 있다고 하니 그 일이 얼마나 공이 들고 어려운 작업인지 짐작이 간다.

목화는 익점에게 줄 면 옷 한 벌을 만들기 위하여 요즘은 평소 때보다 두 배 많은 일을 하고 손바닥만 한 땅이었지만 거기에다 목화씨까지 심었다.

목화가 이렇게 열성을 다해 그에게 정성을 쏟을 때마다 그는 앵두를 떠올린다. 앵두가 입었던 옷이 바로 이 옷이라는 점에서다. 도대체 그 옷이 어떻게 앵두의 몸에까지 걸쳐지게 되었는지 다시 한 번 그 과정을 생각해보니 기가 찰 노릇이다. 이렇듯 머나먼 땅에서 만들어진 옷감이 고려까지 팔려 갔고……. 그리고 그 옷을 앵두가 입었었다니…….

정말 세상은 넓고도 좁다. 이야말로 운명의 장난이 아닐 수 없는 일이다.

"내가 돌아갈 수만 있다면 꼭 저 목화씨를 가져갈 거다."

익점은 자신이 여기까지 오게 된 일이 결코 우연스런 일이 아니란 강한 암시를 받는다.

"우리도 목화씨를 구해다 심은 지 얼마 되지 않아 아직 그 재배기술이나 베 짜는 기술이 형편없습니다."

처음 목화를 재배한 곳은 사이암 왕국이었다. 물론 그 씨앗을 구해다 준 것은 아라비아 상인들이었다. 그 씨앗은 아유타야 승려들의 손을 거쳐 차츰차츰 치앙마이까지 보급이 되었다. 그 재배법이나 직조 기술 역시 승려들을 통해서 전래되었다.

"그렇지만 여기선 그런 발달된 방법을 쓰지는 않습니다."

여자들에게 일감이 없으면 게을러져서 안 된다는 게 달성귀의 말이었다. 그러니 너무 많은 농산물이 나와서도 안 되고 너무 많은 공산품이 나와서도 안 된다. 적당하게 먹고 입을 만큼만 생산하면 된다. 남으면 그걸 처분하기 위해서 바깥으로 나가야 하고 모자라면 또 그걸 채우기 위해 나가야 하니 그처럼 번거로운 일을 왜 하느냔 것이었다.

"자급자족 정도면 족하지요."

세상이 험난한 때일수록 깊은 산속으로 숨어들어 외계에 드러나지 않는 게 안전하다는 이야기다.

"이만하면 가히 여기가 살 만한 곳이라 생각지 않습니까?"

달성귀는 이제 귀양살이고 고향이고를 잊고 여기 함께 살 것을 강권한다.

"그렇지만 고향을 어이 잊을 수 있겠습니까?"

익점은 은둔생활의 재미도 좋지만 고향을 잊을 수는 없다 말한다.

"돌아갈 방도가 없질 않습니까?"

이제 원나라 조정에서도 그깟 죄인 하나쯤 까마득하게 잊었을 거다. 하마 어딘가에서 죽은 줄로만 알 거라는 이야기다.

"그러니 아무 걱정 말고 아들딸 낳고 여기 정착할 생각을 하세요."

그러잖아도 목화의 배가 점점 불러오는 때라 익점도 이 궁리 저 궁리 대던 중이었다. 이미 여길 빠져나가 무사히 고국 땅을 밟을 희망이 없을진대 모든 걸 잊고 하루라도 맘 편히 살아가는 것도 현명한 처사일 것이다.

그런데도 하루가 멀다 하고 고향 집이 눈에 삼삼 밟히는 익점이다.

이렇게 또 얼마만 한 시간이 지났을까?

목화가 짜준 면옷을 한 벌 얻어 입었을 때쯤 해서 익점은 안남 땅을 딛을 기회를 얻었다. 메콩강 지류를 따라 깊숙이 들어온 배 한 척을 만났는데 이 배의 선장은 파란 눈의 아라비아 상인이었다.

상인이 말했다.

"이제 전쟁 같은 건 다 끝났어요."

18

원나라는 말라카와 수마트라 섬 사이를 통하는 말라카 해협을 발견하곤 인도양으로 빠져나가 유럽으로 진출했다는 것이다.

"이로써 동서교통로가 뚫린 것이지요."

상인은 이상하게 그려진 해도를 놓고 설명을 하기 시작했다. 익점은 상인의 말을 잘 알아들을 수 없었지만 달성귀는 그의 해박한 지식으로 사태파악을 금방 해낸다.

"나는 내 나라 재건에 동참할 생각이오."

원나라는 안남과 참파를 격파하고 캄보디아, 시암, 치앙마이 같은 왕국들을 모조리 점령했지만 사실상 얻을 게 하나도 없는 빈 껍질만 차지했다는 것을 뒤늦게 깨달았다. 땅은 온통 밀림과 습지인데다가 사람들 역시 기마민족과는 달라 게을러터졌고 취할 만한 재화도 없는 곳이다. 게다가 한번 밀림 속으로 들어가 숨어버리면 불을 지를 수도 없고 굶겨 죽일 수도 없어 그걸로 끝장이라 달리 어떻게 지배할 도리가 없다.

그러니 하루속히 남만에서 손을 씻고 다른 곳으로 옮겨가기를 원했던 것이 원의 기본 입장이 아니겠느냔 해석이다. 원은 너무 많은 땅을 차지했다. 이제는 그걸 정리할 때다. 쓸 만한 땅은 차지하고 쓸모없는 땅은 버려야 한다.

"원나라도 이제 전쟁에 지친 것 같소이다."

몽골은 죽음의 숲이라 불리는 이 밀림에 들어와 군사의 반 이상을 풍토병으로 잃었다. 일 년의 반 이상을 동토에서 지내던 저들로선 도저히 상상도 할 수 없었던 열병 앞에 무릎을 꿇고 만

것인데 익점도 그간 이 풍토병에 시달려 죽다가 살았다.

이제 이 밀림의 숲은 몽골족에게는 지겨워서도 더 이상 머물고 싶지 않을 곳이지만, 고려는 저들이 절대 포기하고 싶지 않을 땅이라는 게 달성귀의 주장이다.

"고려는 왜국을 칠 수 있는 요충지라 쉽게 포기하지 않을 것이오."

그러니 그 불구덩이로 돌아가 봤자 이로울 게 없을 터이니 치앙마이 왕국 재건에 함께 동참해달라는 달성귀의 말이다.

"말이라도 그렇게 해주니 고맙소."

익점은 이역만리에서 이런 귀인을 만난 것을 천운으로 생각한다며 그의 손을 꽉 잡았다.

"그렇지만 나는 고려인이니 죽어도 고려 땅에 묻혀야 하지 않겠소?"

목화가 그러한 두 사람을 물끄러미 바라보고 있다. 이제 자신의 운명은 어떻게 될 것인가? 두고 갈 것인가, 데리고 갈 것인가? 그런데 도무지 함께 갈 형편이 못 된다는 것은 그녀 자신이 너무나 잘 알고 있다. 만삭의 몸으로 어떻게 죽음의 숲을 건널 수 있을 것인가? 자칫 잘못하면 늑대 밥이 되고 만다. 그러잖아도 요즘은 늑대들이 마을까지 내려와 극성을 부린다.

결국 목화는 남기로 하고 익점은 떠나기로 한다. 다행히 이곳 사람들은 이별에 대해서 연연하지 않는다. 한 남자와 한 여자가 만나고 헤어진다는 것이 애절하지 않다는 이야기다. 더운 지방 사람들은 정조관념이란 게 없다. 그렇지만 목화는 태생이 다른지라 안 되는 줄 알지만 그 정을 버릴 수 없어 몸부림을 친다.

"만약 무사히 돌아가신다면……."

목화는 눈물범벅이 되어 울며 말한다. 꼭 자신의 고향을 찾아가 부모님을 만나 자신이 이렇게라도 살아 있음을 전해달란다.

익점이 말한다.

"생사의 갈림길이 하늘에 달려 있으므로 장담은 못하지만 천지신명의 힘을 빌려 무사히 고려 땅을 밟게 된다면 내 꼭 그리하겠소. 그리고……."

그리고 그다음은 뭔가? 다시 돌아와 목화를 데려가겠다는 다짐인가?

달성귀가 이러한 두 남녀의 이별을 보다 못해 한 마디 농을 한다.

"만약에 태어날 아이가 사내라면 선생의 이름자를 그대로 붙여주겠소. 그러면 치앙마이 고려 문 씨의 시조가 되는 셈 아니오?"

그리고 그 아이에게 반드시 큰 벼슬을 내리겠다고 한다.

"고맙소. 말씀이라도 그렇게 해주니."

익점은 다시 봇짐을 짊어지고 길을 떠난다. 올 때와 같은 핍진한 몸이 아니라 원기 왕성한 한 사내로서 내딛는 걸음이다. 그런데도 차마 발걸음이 떨어지지 않는 것은 목화를 데려갈 수 없음에서일까? 앞길에 대한 두려움 때문일까.

그는 처음 며칠간은 파란 눈의 상인과 배를 타고 강을 거슬러 올라갔다. 그러다가 강폭이 좁아지고 물길이 갈라지는 지점까지 와서는 배에서 내렸다. 배는 이제 서쪽으로 그 방향을 잡을 모양이다. 줄곧 서녘으로 올라가면 토번을 거쳐 천산을 향하게 된단다.

"동쪽으로 해를 따라 가시오. 며칠만 가면 승룡이라는 곳이 나올 거요."

거기 가면 바다를 만날 수 있고 항구에 닿으면 배를 얻어 탈수 있다는 설명이다. 이젠 동서교역로가 뚫려서 잘만 하면 고려로 가는 배를 얻어 탈 수 있을지도 모른다고 했다.

"육로로 가는 것보단 해로가 훨씬 편리하지요."

승룡……. 용이 승천해 하늘로 올라간다는 뜻이겠다. 그 앞에 해남도가 있다. 해남도에 가면 고려나 왜국으로 가는 상선들이 있다.

말처럼 그렇게만 된다면 정말 욱일승천이다.

익점은 다시 혼자가 되어 걷기 시작한다.

이제 걷는 데는 이력이 난 사람이다. 뿐만 아니라 웬만한 역경쯤은 거뜬히 이겨나갈 자신이 있다. 먹고 약이 되는 과일이나 풀뿌리도 찾을 줄 알았고 짐승을 피하는 방법과, 어느 정도는 오히려 짐승을 잡는 방법도 익혔다. 눈만 두리번거려 잘만 살피면 먹을 것은 얼마든지 있는 남방이다.

"이걸 지니고 가세요."

달성귀에게서 선물 받은 칼도 있다. 저들의 칼은 등이 곧은 게 아니라 구부정하게 앞으로 굽어 칼날이 안으로 서 있어 등으로는 나무 열매나 야문 것을 부수는 데 이용하기 편리했고 칼의 무게가 있어 앞길의 장해물을 헤쳐나가기 좋게 만들어졌다. 이른바 정글도다.

그는 일부러 칼을 휘둘러 앞길을 열어보기도 한다. 가끔가다가 목을 휘감을 듯이 나뭇가지를 타고 내리는 큰 뱀을 봐도 겁에 질리지 않는다.

'해를 보고 동쪽으로……'

가끔씩 나뭇가지 사이로 내비치는 햇살을 어림잡아 그는 동쪽을 지향하고 걸었다. 이젠 희망을 갖고 걸어야 한다.

다시 모험의 길로 들어선 것이다.

그러나 생각에 생각이 겹친다.

'정말로 목화에게서 고려 문 씨 시조가 태어날까?'

그 생각을 하니 길을 걷다가도 피식 웃음이 나온다.

'정말로 교지에 안 가도 될까?'

지금 와서 귀양을 생각할 필요는 없을 일, 공민왕 자신이 벌써 원을 등진 판국에 원의 법을 따를 필요가 뭐 있는가? 원나라에 충성할 필요는 없을 터, 아니지, 아니지, 이미 고려왕조는 무너졌는지도 몰라. 그렇다면 돌아간들? 차라리 치앙마이에 머물러 살고 싶은 생각도 난다.

그러나 그에게 가장 깊이 각인돼 있는 것은 배양골이다. 거기서 연을 날리며 학동들과 함께 내달리던 논들이며 들판, 그리고 실개천이 흐르는 도천이다. 강가에는 하얀 모래밭이 있고 거기 파란 하늘색 알을 낳는 물새들이 있었다. 물새처럼 종종걸음을 걷던 앵두, 왜 산 사람보다 죽은 사람이 먼저 떠오르는 것일까? 그는 처참히 무너져 내렸던 앵두를 떠올리며 이를 악문다.

그는 어떻게 해서든지 파란 눈의 선장이 이야기했던 승룡이란 곳을 찾아 해남도를 건너가야 한다고 믿는다.

며칠을 걸었을까? 산을 넘고 물을 건너 침침하고 습한 밀림을 빠져나왔다. 이윽고 파란 하늘이 눈부신 햇살을 쏟아 내놓는 들판에 이르렀다. 들판은 끝없이 사래가 긴 무논이 이어졌다. 긴 뿔을 한 물소들도 보였고 빛 가리개로 삿갓 같은 갈잎 모자를 쓴 농부들의 모습도 보였다.

그는 농부가 놀라지 않도록 조심스럽게 물었다.

"승룡을 가자면 어느 길로 가야 하나요?"

농부는 그의 말을 잘 알아듣지 못했다. 필답도 불가능했다.

그러나 농부는 그를 데리고 마을로 갔다. 어림짐작으로 마을에 그의 말을 알아들을 수 있는 사람이 있다 하는 것 같았다.

마을로 들어서자 동네 아이들이 졸졸 따라오면서 무슨 큰 구경거리나 난 것처럼 즐거워하였다.

"또이렛 멍터껌웅."

"또이렛 멍터껌웅."

동네 아이들은 농부를 보고 알아들을 수 없는 말을 지껄이며 고개를 숙인다. 농부가 일일이 답례를 하는 것으로 봐서 인사를 하는 것 같다.

마을로 들어서니 먼저 달려간 아이들 편에 소문을 들은 어른들과 부녀자들이 이 낯선 사람을 보러 공터로 나와 있었다. 대개가 입으나마나 한 얇은 치마 같은 옷을 걸치고 있어 바람결에 가슴이 봉긋 드러나 보이는 젊은 아낙들도 있었다. 아낙들은 코가 질질한 아이를 대바구니 같은 곳에 넣어 들춰 업었는데 입가로 파리 떼가 새까맣게 달라붙었다.

공터 한쪽에 키 큰 나무가 하나 있는데 그 아래 하얀 천을 뒤집어씌운 천막이 보인다. 한눈에 봐도 그건 원나라 병사들이 치는 군막인 파오라는 걸 알아볼 수 있었다. 원군들은 기다란 나무를 세워놓고 거기 걸쳐 천막 천을 둘러 막사로 삼았다.

농부가 그곳을 손가락으로 가리켰다. 거기 가면 말이 통하는 사람이 있을 거란 시늉이다.

그는 구경 나온 아이들에게 둘러싸인 채 군막으로 갔다.

바깥의 어수선한 분위기를 느꼈는지 천막 안에서 웬 사람이 하나 나왔다. 한눈에 봐도 검정색 사각모자를 눌러쓴 호족임에 틀림없다. 개경에서는 저들을 예사롭게 뙤놈이라 불렀는데 '놈' 자가 차마 입에 담지 못할 천한 말이라 해서 호족이라 했던 것이다. 이 말은 목은이 만든 신조어였다.

그나저나 이제 말이 통하는 사람을 만났으니 반갑기는 하다.

"당신은 누구요?"

익점은 이럴 때일수록 상대의 기를 먼저 꺾어야 한다고 생각한다. 호족들이란 자기보다 높은 신분에 대해선 한없이 절절매지만 낮은 자에 대해선 하늘 높은 줄 모르고 날뛰기 때문이다.

상대가 먼저 이렇게 묻자 약간 기가 질리는 듯 그는 이렇게 말한다.

"나는 이 동네 치안 책임자요."

막사 안으로 들어가니 한 사람의 군사가 더 있었다.

"나는 황실의 명을 받고 내려온 사람이다."

"황실의 명?"

익점은 패를 내밀어 보인다. 패란 역참의 통행권을 말한다. 본시는 호송원들이 지니고 있던 것이었지만 저들이 악어 밥이 되는 바람에 익점이 지니게 된 물건이있다.

"나는 교지로 가라는 황명을 받았소."

저들은 이 말에 곧 만세, 만세, 만만세를 외치며 무릎을 꿇는 자세로 다음 명을 기다렸다. 이미 황실에서 많이 봐온 자세들이다. 고답적일수록 저자세가 되는 저들이다. 그리고 고려 궁궐에서도 수없이 많이 봐온 터라 익점에게 있어 아랫것들을 다루는 솜씨는 이미 익숙해져 낯설지 않다.

저들은 어리석게도 황명이란 말에 벌써 겁에 질려 교지에 가서 뭘 어떻게 하라는 임무를 띠고 온 자인가, 신분 확인 같은 절차를 빼먹고 있었다. 영민한 익점이 이러한 저들의 약점을 놓칠 리 없다. 높은 자리에 앉은 사람은 '네 죄를 네가 알렸다' 하는 한마

디만 던져도 그 죄가 줄줄이 풀려 나오는 게 세상이다. 이들처럼 작은 마을의 치안을 담당하고 있는 정도의 직분이라면 황명이라 는 말에 벌써 혼비백산할 수밖에 없을 것이다.

저들이 이렇듯 혼비백산하는 데에는 그만한 까닭이 또 있었 다. 익점이 입고 있는 옷감이 고급인 데다가 바느질 또한 저들이 입고 있는 군복과는 판이하게 다른 촘촘한 뜸질을 보였기 때문 이다. 거기다가 귀티가 나는 얼굴임에랴……

익점은 저들이 보는 앞에서 지필묵을 꺼내어 일필휘지로 이렇 게 갈겨쓴다.

-예부시랑 문익점 황명을 받고 이곳에 오다.

저들은 서로 얼굴을 빤히 쳐다볼 뿐 종이에 쓰인 글자가 무얼 뜻하는지 모른다. 이들이 글을 모르는 문맹임을 눈치채고는 그 는 근엄하고도 묵중한 소리를 내어 이렇게 말한다.

"여기에 너희들 말고 또 누가 있느냐?"

"이 마을에는 저희들 두 사람밖에 없습니다."

"그렇다면 본대는 어디 있느냐?"

"본대는 이미 철수했고, 저희들은……"

"저희들은 어쨌단 말이냐? 탈영이라도 했단 말이냐?"

익점은 이들의 달달 떨고 있는 모습에서 저들이 탈영병이란 것을 금방 눈치챌 수 있었다. 그렇지만 너무 엄중하면 오히려 반 격을 당하게 된다. 쥐도 도망갈 구멍을 내두고 쫓으란 말이 있질 않던가?

"그래, 그럴 만한 이유가 있었겠지."

"저희들의 탈영은……."

탈영을 하려고 해서 한 것이 아니란다. 지휘관의 명령에 따라 본대에 가서 보급품을 수령해 오다가 숲 속에서 호식을 당해 다들 죽고 둘이서만 살아남게 되었는데 돌아와 보니 부대가 철수해 다른 곳으로 옮긴 지 오래되었다 한다.

익점은 악어에게 당한 호송원들을 떠올리며 내심 있을 법한 일이라 생각한다. 그렇지만 잡은 김에 단단히 더 조여둬야 이들의 기를 꺾을 것이라 여긴다.

"여기 호랑이가 있단 말이더냐?"

"예."

"호랑이가 어찌나 큰지, 우리 고려에서는 볼 수 없는 백호였습니다."

"뭣이라? 고려라?"

익점은 저도 모르게 고려 말이 튀어나왔다.

어쩐지 서로 의사소통이 띄엄띄엄하면서도 잘 안 통한다 했더니 서로가 고려식 몽골말을 했기 때문이었던 모양이다.

놀란 것은 그뿐만이 아니었다.

"그렇다면?"

"나도 고려인이다."

저들은 이제야 살았구나 싶어 희색이 만면한데 그 역시 천군만마를 얻은 느낌이다. 이런 곳에서 또다시 고려인을 만나다니?

이런 우연이 어디 있을 것인가? 그보다는 도대체 얼마나 많은 사람들이 전쟁터에 끌려나왔기에 이런 곳에서 고려인을 만날 수 있단 말인가?

"그렇다면 너희들 외에도 고려인이 또 있었다는 이야기인가?"

"많이 있었습죠. 노역자들은 전부 고려인 아니면 한족들이었으니까요."

이들은 저간의 사정을 설명한다.

"고려에서 죄를 짓거나 월경을 한 사람들이 모여 사는 려오양의 고려촌에 갑자기 징병 바람이 분 것은 심양왕이 들어서고부터였습죠."

"심양왕이라면 덕흥군 타쓰에몰을 말하는 게냐?"

"그렇구 말굽쇼."

"그 자가 왕이 되자 마구잡이로 사람들을 잡아다가 군대를 삼았지요."

그 자가 왕이 되었단 말이냐? 하기야 한땐 왕이 둘이었으니 저들이 무얼 알 수 있을 것인가? 고려에는 고려왕, 심양에는 심양왕 고가 있었던 때가 있었다. 아마도 저들의 이야기는 그때의 상황일 것이다. 그런데 이들의 이야기는 그 뒷일이다. 그렇다면 내가 집을 떠난 지 얼마나 되는가? 익점은 다시 아득한 세월을 느낀다.

처음에 이들은 요동을 향하여 출격하였다. 초판에는 의기양양하게 압록강을 건너기까지 하였으나 이내 최영과 이성계를 만나

정주에서 여지없이 격파되고 말았다. 이로써 덕흥군의 군대는 산산조각이 나고 이 일을 꾸몄던 주모자 최유를 고려로 압송해 처형케 하였다.

"일이 이렇게 되자 순제께서도 고려왕에 대해 어쩔 수 없음을 깨닫고 공민왕의 복위를 선포했습죠."

익점은 이역만리 머나먼 곳에서 뜻하지 아니한 소식을 듣는다.

그는 엎드려 북향재배를 하고 싶은 심정이다.

"사필귀정인 게야."

실로 바라고 바라던 일이 아니던가? 그 일 때문에 이 고생을 하고 있지 않은가? 이제는 안 해도 좋을 고생이다. 그런데 이들은 어찌하여 덕흥군의 군대에서 원나라 군대에까지 끌려오게 되었는가? 참으로 기박한 팔자들이다.

한번 이야기를 꺼내놓기 시작한 저들은 또 묻지도 않은 고려 여인에 대한 이야기를 끄집어낸다.

"고려 여인 중에 백호장의 아내도 있었지요."

원의 군제는 백호장, 천호장, 만호장이라는 제도에 의해 움직인다. 백호장은 백 명의 군대를 거느릴 수 있다. 천호장은 백호를 열 개 합한 만큼, 만호장은 천호장 열 개를 거느린다. 이런 군대 편성을 커식텐이라 불렀다. 이 커식텐의 우두머리가 쿠릴타이가 된다. 쿠릴타이란 정복지를 다스리는 통합기구이며 그 우두머리이다. 이 쿠릴타이는 정복지의 군사와 재정을 가지고 또 다른 지역을 정복한다.

"그 백호장의 아내는……."

자기네들로선 감히 그 근처에 얼씬 할 수 없는 높은 신분의 여인이었다고 한다. 그런데 그 여인이 자기들이 고려인이라는 걸 알고서는 음으로 양으로 많은 도움을 줬다고 한다. 그 밖에도 많은 조선 여인이 부역을 했는데 생사를 알 길이 없다 한다.

"그래, 그 여인의 이름이 뭐라더냐?"

"치앙룬 전투 이후로는 본 일이 없으니 모르죠. 우리는 낙오가 되었으니까요."

"사람들 이야기로는 괴질에 걸려 전원 몰사를 했다는데 그 사실 여부는 모르죠."

"목화!"

그는 다시 한 번 목화를 나지막하게 불렀다. 그렇게라도 살아 있다는 게 얼마나 다행스런 일인가? 전 이렇게 살아 있단 것만으로도 천지신명께 감사해요. 목화는 사람은 어디에 어떻게 살든지 살아 있으면 된다는 이야기를 했다. 죽을 고비를 수없이 넘긴 사람이 아니면 할 수 없는 말이었다.

"그래 이제 어떻게 할 셈인가?"

이들은 둘 다 개경 출신으로 장사를 하러 국경을 넘나들다가 덕흥군에게 밉보여 징발되었다고 한다. 그러니 다시금 돌아갈 데도 없단다.

"한번 월경죄를 저지르면 온 집안이 몰사 당하지요."

"그러니 돌아갈 집이라도 남아 있겠어요?"

그건 그렇다. 지금 당장이라도 나리께서 탈영의 죄만 묻지 않는 것만으로도 다행스런 일이라 한다. 저들은 단박에 익점을 나리라 부른다.

"나는 탈영병을 잡으러 온 게 아니다. 그러니 그런 걱정은 말고 여기서 살아나갈 방도나 찾아보게나."

여기서 지나간 일들을 따져서 무얼 할 것인가? 게다가 저들의 힘이나 경륜으로 봐서 도저히 저들을 당해낼 재간이 없게 생긴 자들이다. 익점은 오히려 잘 보여야 할 사람은 저들이 아니라 자신임을 먼저 간파한다.

"이대로 여기 눌러살 생각인가?"

"여기서 산다굽쇼?"

"여기서 살든 고려로 돌아가든 어떻게 손을 써봐야 하지 않겠는가?"

그러나 저들의 입장과 처지는 달랐다. 저들은 죄를 지었다. 돌아가야 설 자리가 없다. 한번 국법을 어긴 자는 벼랑 끝으로 내몰리게 마련이다.

"우리는 차라리 여기서 사는 게……."

"여기서 산다고?"

이곳은 먹을 것도 많고 심어만 놓으면 거두어들일 수 있단다. 1년에 두 번씩 수확을 하는데 과일은 지천으로 깔렸단다. 나무 위에 올라가 따기만 하면 되는데 네 것 내 것이 없단다.

익점도 이곳의 풍토 지리는 알 만큼 알고 있는 터라 오갈 데

없는 저들로서는 오히려 이곳에 눌러 사는 게 더 편할지 모르겠다는 생각도 들었다. 최소한 헐벗고 굶주리지는 않을 것이라는 생각이다. 고려는 토호가 아니면 살 곳이 못 된다. 비록 그 자신은 토호의 집안에 태어나 잘 살고 있었지만 그렇지 못한 많은 사람들이 배고픔과 추위에 떨고 지내는 것을 그는 잘 알고 있었다.

"그렇다면 여기서들 살게나."

그렇지만 고려인의 긍지는 갖고 살라 당부한다.

"자네들은 고려인들인 게야."

그는 이들과 하룻밤을 함께 보냈다. 마을 사람들도 낯선 내방객을 구경하러 왔다가 갔다. 사람들은 낙천적이고 꾸밈이 없었다.

다음 날 새벽 그는 일찌감치 길을 떠났다. 마을 사람들 말로는 승룡이 그리 먼 길이 아니라는 이야기들이었다. 그렇지만 정작 승룡을 갔다 온 사람은 하나도 없어 그 말이 어느 정도 신빙성이 있는지는 의문스럽다.

아침이 되자 여기서 살겠다던 두 사람도 익점을 따라가겠다고 나선다.

"아무리 생각해봐도……."

"혼자 가시게 할 수는 없을 것 같습니다."

승룡까지라도 배웅을 해드리겠단다. 다행이 배편을 얻어 탈 수 있으면 함께 고려 땅을 밟을 것이고 아니면 그대로 돌아와도 좋단다.

높은 산이 없는 것만으로 다행스럽다. 끊임없는 길이 이어진다.

그는 개경의 송악산과 고향 산청의 두류산을 떠올려본다. 산이 있으면 산에 오르는 기대감이 있고 또 내려가면 내려가는 기대감이 있다. 보이지 않는 그다음에 무엇이 있을 것인지 궁금증이 생기기라도 하는 것이다.

그런데 이놈의 데는 가도 가도 끝이 없는 구릉뿐이다. 도대체가 지향하고 갈 목표물이 없다. 단지 해가 가는 반대 방향으로만 가야 된다는 생각뿐이다. 처음에는 해를 마주 보고 다음에는 해를 머리 위에 두고 그 다음에는 해를 등지고 걸을 수밖에 없는 걸음걸이다.

그렇게 며칠을 걸었을까?

가물가물하게 보이는 마을이 나타나기 시작했다.

저녁연기가 나는 것으로 인가가 있는 것 같아 보였다.

인가를 보자 긴장이 풀렸는지 익점은 또다시 쓰러졌다. 혼 줄을 부여잡으려 애쓰다가 그만 그 줄을 놓치고 말았는데 이제는 세상의 끝이었다. 가물가물 끝을 알 수 없는 수렁으로 천근만근 돌을 매달고 떨어지는 것 같았다.

"이제 정신이 좀 드나 봐?"

그러나 그는 또다시 누군가에 의해 구원을 받았다는 사실을 어렴풋이 깨달으며 눈을 떴다. 이렇게 구조된 일이 어디 한두 번인가? 그는 언젠가 한 번 꼭 같은 일을 당한 것 같다는 느낌을 받으며 자리에서 깨어난다.

"여기가 어디야?"

아니나 다를까, 그전에도 그랬던 것처럼 낯선 부부가 그를 염려스런 눈빛으로 지켜보고 있다. 그때도 그랬을 것이다. 부부는 허기져 쓰러져 누운 그를 업고 와 미음을 끓여 먹였을 것이고 빈 사상태의 환자를 구해내지 못한다면 그게 다 저들의 정성 부족 탓으로 그렇게 된 것처럼 생각이 될 것 같아 미리 양심의 가책을 받지 않으려고 정성을 기울이고 있다. 왜 갑자기 그런 생각이 들었을까? 그리고 왜 이와 똑같은 일이 전에도 한 번 있었던 것처럼 느껴졌을 것인가? 아, 맞다. 두류산 쌍계사…. 스님은 앵두를 살리기 위해 혼심의 힘을 쏟았다. 그런데 이 전혀 다른 두 현상이 하나로 떠오르는 이건 뭔가? 빙의망상인가? 스승은 이런 현상을 뭐라 했는데, 분명히 뭐라 이름 붙여 말했었는데 기억이 잘 나지 않는다.

"여보, 깨어났나 봐요."

할멈이 먼저 보고 남편을 불렀다.

그는 멍하니 눈을 뜨고 있었지만 보이는 것은 없었다. 할머니가 보였던 것은 사실상 할머니의 목소리를 들어 할머니가 보였던 것처럼 느껴졌던 것이고 할아버지 역시 할머니가 불렀으므로 그가 옆에 있다고 착각했을 뿐인 일이었다. 말하자면 그는 아직 온전한 제정신이 아니었다는 이야기다.

"물이라도 떠먹여봐."

"물은 아까도 먹였잖아요."

그는 노부부의 정성을 봐서라도 기운을 차려야 된다고 생각한다. 그렇지만 그게 뜻대로 잘되질 않는다.

"여기가……."

어디냐고 묻고 싶지만 입안이 바짝 말라 있다.

"그래, 어디를 가는 길인가?"

할아버지의 되물어 오는 질문이다.

"바다……."

익점은 아직 배를 타본 일은 한 번도 없다. 그런데도 바다 위를 나르듯이 지나가는 배를 탄 꿈을 꾸었다. 배는 곧바로 벽란도를 향했다. 언젠가 영숙이가 구경시켜준 벽란도 선착장에는 아라비아 상인들이 있었다. 익점은 분명 상인들과 함께 벽란도 선착장에 내려서는 꿈을 꾸었다.

할아버지는 여기는 송코이 강의 하류라고 말한다. 송코이 강은 원난성에서 발원해 통킹 만으로 유입돼 들어가는 안남 북부에서 최대로 큰 강이다. 이 강의 하류에 드넓은 삼각주가 있는데 농사짓기에 그만인 비옥한 토질이다.

"그런데 저하고 함께 온 사람들은요?"

저들은 기진한 익점을 여기 맡기고 배를 타고 먼저 떠났다 한다. 떠나면서 저들이 맡기고 간 거라며 익점의 괴나리봇짐을 내미는 할아버지였다. 봇짐 속에 들어 있는 건 몽당붓과 〈운남 풍토기〉였다.

'그래, 이것만 있으면 됐어.'

익점은 이제 더 적을 자리도 없이 빽빽하게 쓴 책 한 귀퉁이에 이곳의 풍광을 적는다. 자신을 구해준 할아버지 내외의 이름과 인상도 적는다. 그리고 온 들판에 피어 있는 목화꽃에 대해서도 기록해둔다.

그는 송코이 삼각주에서 며칠을 쉬었다. 몸이 쇠약해질 대로 쇠약해진 탓으로 마음은 뻔한데도 일어나 걸을 수가 없을 지경이 되었다.

"억지로라도 쉬어야 해."

할머니는 친자식처럼 그를 돌보았다.

그 덕분인지 그의 건강은 빠르게 회복되어갔다.

온 들판이 구름처럼 피어오른 목화꽃으로 장관을 이루고 있다. 그 위에 가서 마음껏 뒹굴고 싶을 정도다.

"할머니 저게 뭐예요?"

그는 그게 목화라는 것을 알면서도 물어본다.

"목화라오. 우리도 처음으로 재배해보는데……."

이렇게 꽃을 따 모아놓으면 상인들이 거두러 온단다.

"저걸로 무얼 하지요?"

"이불도 만들고 옷도 만든다오."

그러면서 할머니는 익점이 입고 있는 옷을 보고 이 옷감의 천이 바로 이 목화에서 뽑은 실로 만든 면포라고 설명한다. 목화는 나라에서 권장하는 작물이라서 개인이 사사로이 소비할 수 없다는 설명도 덧붙인다.

익점은 문득 목화씨를 얻어다가 고려에 보급해야겠다는 생각을 한다.

"할머니 저 씨앗을 몇 개만 얻으면 안 될까요?"

"큰일 날 소리."

할머니는 펄쩍 뛰며 목화는 아무나 마음대로 심는 것이 아니라 한다. 나라에서 정한 대로 그 면적을 신고하고 그 신고한 물량만큼 생산을 해내야 하기 때문에 목화씨를 함부로 유출했다간 큰일이 난다고 했다.

"그렇다고 그 몇 개 줬다고 누가 알아?"

할아버지가 할머니를 나무라며 그에게 목화를 한 송이 준다.

"잘 산수했다가 가지고 가시우. 나라 법으로 금하는 일이니."

갑자기 검문에라도 걸리는 날에는 준 사람이나 받은 사람 모두 큰일이 날 수 있으니 잘 숨겨 가라는 당부다.

익점은 처음으로 목화송이를 뜯어내 그 속에 든 씨앗을 만져 본다. 부드러운 솜털 속에 새까만 씨앗이 여럿 들어 있다. 솜털을 얼굴에 대어보니 따스한 느낌이 전해 오는 것 같다. 씨앗은 딱딱한 것이 솜털이 그대로 붙어 있다.

그는 이걸 어디다 숨겨갈까 고민하다가 붓대 속에 넣어 가기로 한다. 붓끝은 닳아 짤막한 몽당붓이 되었고 붓대마저도 먹물과 손때가 묻어 시꺼멓게 더럽혀져 있다. 누가 봐도 의심의 눈길이 가지 않을 물건이다. 열 개를 밀어 넣으니 붓대가 꽉 찬다. 그는 가느다란 나무꼬챙이를 분질러 붓대의 끝을 닫고 침을 발라 흙에 한번 문지르고는 옷에 닦았다.

할아버지가 그러한 그를 물끄러미 보고 있다가, 물었다.

"고려라는 나라에는 이런 게 없소?"

"예. 여기 와서 처음 봤습니다."

"그러면 귀한 물건은 귀한 물건이구만? 그런데 기후가 맞을까?"

여기서도 물이 괴는 논에는 잘 안 되고 밭에서만 농사가 잘된다는 이야길 한다. 그렇다면 밭작물이라는 이야기일 것이다.

익점은 강토 전역에 목화꽃이 하얗게 피어오르는 꿈을 꾸어본다. 그리고 따뜻한 솜이불을 해서 덮은 사람들을 그려본다. 그리고… 면포로 만든 옷을 입은 사람들을 그려본다. 그러다 보니 자연적으로 떠오르는 앵두의 얼굴……. 그는 왜 앵두가 그런 꼴을 당하고 거기서 봤던 면포의 씨앗을 이렇게 비밀스럽게 구해 가는지? 그게 곧 바로 이번 귀양길의 의미가 아닌가 하는 엉뚱한 생각을 하게 된다.

'이건 분명 하늘의 뜻인 게야.'

이게 곧바로 빙의다. 빙의망상이 아닌 참 빙의다.

그는 사지를 헤매며 이 고생을 하게 한 것도 다 하늘이 내린 뜻이라 새겨서 받아들이기로 한다. 세상에 무의미한 것은 하나도 없다. 그리고 감당할 수 없는 시련 또한 없을 터. 그는 이를 악물고 자리를 털고 일어난다.

그는 이게 바로 내게 주어진 임무라며 두 내외분이 잡는 것도 뿌리치고 하루 속히 귀국을 해야 한다고 생각하는 것이었다. 이젠 할 일이 생겼다. 이 목화씨를 고려에 갖다 심는 것이다. 그리하여 온 백성들에게 따뜻한 옷을 입을 수 있게 하는 것이다. 목적이 생기면 부단히 그 목적을 위하여 노력하는 길밖엔 없다.

그는 왜 지금까지 끈질기게 앵두의 환상과 함께 살아왔는지 그 뜻을 여기서 찾아낸다. 바로 이 때문이다. 이 일을 행하기 위해 앵두가 지금까지 따라다녔던 것이다. 이게 빙의가 아니고 무엇이더냐?

그는 살아 돌아갈 확실한 이유를 깨달았다.

8

춘래불사춘 그리고 신불신

익점이 교지에서 돌아왔다는 소문은 고려궁궐을 떠들썩하게 만들기에 족했다. 그도 그럴 것이 그는 이미 교지에서 죽은 걸로 돼 있었기 때문이다.

계품사로 원에 입조했던 사신들 중에는 더러는 원에 남고, 혹간 돌아왔다 해도 익점을 그리 좋게 평하지 않았다. 조정에서는 익점이 덕흥군에 붙어 반란을 꾀했다는 소문을 믿는 파와 그렇지 않은 파로 나뉘었다.

아직도 친원파와 반원파 간의 세력다툼은 여전하다. 원은 이미 덕흥군을 내치고 공민왕을 옹위하였지만 고려 조정에 남은 대신들은 아직까지 파당을 풀지 않았다. 따라서 익점의 거취문제를 놓고 파당 간에 치열한 공방전이 벌어지는 것은 당연한 일이었다.

익점으로서는 사지에서 살아 돌아온 일보다 더 난감한 문제였다.

"어떻게 된 일인가?"

"진실을 알고 싶어."

목은과 포은이 제일 먼저 익점을 찾아왔다.

그러한 두 친우에게 익점은 아무 말 없이 책 한 권을 내민다. 그 숱한 죽을 고비를 넘기면서도 간직했던 일지다. 겉장에 〈운남 풍토기〉란 제자(題字)가 붙어 있다. 종이가 모자라 행간에 새로 덧붙여 쓴 잔글씨까지 빼곡하게 들어차 있는 이 서책은 그간의 사정을 말없이 대변해주는 충분한 자료가 되었다.

책상을 넘겨 보는 목은의 얼굴에 차츰 웃음이 감돌기 시작하더니 만면이 웃음으로 변하기 시작한다.

"됐네, 이 사람."

목은이 익점을 덥석 끌어안으며,

"그러면 그렇지."

하며 포은에게 말한다.

"가세. 빨리 상감께 아뢰어 놈들을 주살 내게 합시다."

그동안 익점은 살아 돌아온 자들에 의한 모함을 받았다. 저들은 익점이 원에서 내린 벼슬을 순순히 받아들여 지방순시를 나갔다고 했다.

그러나 처음부터 끝까지 그 경위가 기록돼 있는 일지가 있는 한 아무도 더 이상 그를 괴롭힐 수 없는 일.

익점은 그간의 노고에 대한 왕의 치하를 받고 잠시 동안의 휴가를 얻는다.

"고향에 돌아가 좀 쉬시라는 성은일세."

"춘래불사춘(春來不似春)이라더니."

"신불신(信不信)이로구나."

고향 산청에서는 벌써부터 소문을 듣고 찾아온 마을 사람들과 일가친척들로 북새통을 이루고 있다가 그가 도착하자마자 잔치가 베풀어졌다.

온 동네가 축제분위기로 야단법석이다. 죽었다가 살아 돌아온 아들이기도 했지만 나라가 다 알아주는 큰 벼슬을 제수받았기 때문에 그 축하연도 겸한 자리라서 지방 관아의 관헌들까지도 찾아와 하례를 드리는 바람에 익점은 가까운 친척들 얼굴도 자세히 볼 틈이 없다.

"나리, 감축 드리옵니다."

"축하합니다."

원근 각지에서 몰려온 하객들을 위해 익점은 운남 땅에서 겪었던 여러 가지 이야기들을 한다. 그중에서도 여인천하에 대한 이야기를 할 때는 모두 두 귀를 쫑긋해서 듣는다. 원숭이에게 바나나를 얻어먹은 이야기에 가서는 도대체가 그 맛이 어떠냐고 묻는 사람도 있다.

"도대체가 바나나란 게 맛이 어때요?"

"그건 안 먹어본 사람은 모르지."

드디어 잔치 기운이 한풀 꺾이고 손님들이 돌아가자 그는 장인 정천익을 몰래 불러 이렇게 말한다.

"이것은 운남 땅에서나 나는 목화씨입니다. 이것만 잘 기르면 큰 수확이 있을 것입니다."

"목화씨라?"

"목화꽃에서 이불솜을 뽑고 그 실을 뽑아내어 면포를 짭니다."

그러면서 그는 씨앗을 건네주던 노인의 말을 떠올리며 그게 이곳의 풍토에 맞을지가 걱정이니 여러 가지 방법을 동원해서 심어보라고 한다. 운남 지방은 따뜻한 곳이라 거기에 알맞은 온도를 지키도록 해보라는 이야기다.

"그렇다면 방법은 단 한 가지."

거름을 많이 넣고 그 위에 흙을 덮어 씌워 온상을 하면 열이 난다는 것이다. 정천익은 판서를 지낼 만큼 박학다식하니 그깟 농사일쯤이야 쉬울 일이었다.

"장인어른만 믿겠습니다."

만약의 경우 어느 한쪽이 실패를 하더라도 한쪽은 성공하자며 씨앗을 반으로 나눴다.

이렇듯 용의주도하게 했는데도 씨앗은 발아하지 않았다.

"다른 무슨 비결이 있었던 건 아닐까?"

정천익은 이날부터 침식을 잊고 목화 씨앗을 틔우는 일에 몰두를 했다.

어느 날 정천익은 한 가지 까닭을 찾아내는 데 성공했다. 왜 씨앗이 싹을 틔우지 않나 해서 물속에 담가두었던 씨앗을 하나 건져보는데 거기 아직도 숭숭한 솜털이 달려 있음을 발견했다.

'맞아, 바로 이거야.'

그 솜털이 물기를 차단시켜 발아를 방해한 것이다.

'그러면 그렇지.'

그 길로 정천익은 사위를 찾아가 이렇게 말한다.

"찾았네. 찾았어."

정천익의 설명은 이치에 맞는 이야기였다. 어떤 씨앗이든 물기를 빨아들여 수분 흡수를 해야 발아를 할 수 있다. 그런데 목화씨는 솜털이 그 겉껍질을 촘촘히 덮어 물기가 안으로 흡수되어 들어가지 않는다.

"그렇다면 그 솜털을 벗기면 되질 않겠습니까?"

"그런데 그 솜털을 제거하는 방법이 뭐든가? 거기서 혹시 저들이 목화씨를 심는 걸 본 일이 없었는가?"

그는 목화씨를 심는 걸 본 일은 없다고 한다.

"목화를 심는……."

그러다가 문득 떠오르는 장면이 하나 있어 이렇게 말한다.

"씨앗을 심는 일은 본 적이 없는데 그 씨앗 바가지에다가 오줌을 끼얹는 것은 본 적이 있어요."

오줌을 끼얹어 발로 밟았던가? 밟은 게 아니라 문질렀던가? 운남은 사철 심고 거두는 곳이라 그날도 할머니와 할아버지는 목화씨를 파종할 준비를 하고 있었다. 그런데 그 씨앗을 오줌에 갠 잿가루를 섞어 버무리고 있는 것을 본 것 같다는 생각이 퍼뜩 든다.

"그건 무슨 이유에서였을까?"

익점은 그거라도 무슨 단서가 될 수 있다면 좋을 거라 말한다. 정천익은 벌써 오줌단지의 오줌물을 퍼 와 씨앗을 담갔다 꺼낸 다음 발로 그것을 밟아 문질러본다.

"그러면 그렇지."

정천익은 바로 이거라며 오줌물로 비벼 문지른 씨앗을 들어 보여준다. 솜털이 말끔히 제거되어 있다. 그래야 씨앗이 수분을 흡수할 수 있고 수분이 있어야 발아를 할 것이기 때문이다. 이렇게 간단한 이치를 왜 몰랐을꼬?

"이게 바로 자연의 법칙이야."

그 비법은 맞아떨어졌다.

드디어 씨앗이 움을 틔우기 시작했다.

그러나 안타깝게도 그렇게 어렵사리 싹을 틔운 목화는 며칠 가지 않아 그 싹이 말라버렸다. 정천익은 아무래도 풍토가 맞지 않는 모양이라고 했다. 그도 그럴 것이 성질 급하게 방에다가 흙을 파 들여놓고 군불을 때 온실 재배를 했으니 그게 살 리가 없었다.

정천익의 아내가 사위나 영감이나 하는 짓이 똑같다며 이렇게 나무란다.

"아무리 시험재배라고는 하지만 방에다가 밭을 만들어놓고 씨앗을 심어요?"

"사위가 목숨 걸고 구해 온 거라잖아요?"

"아무리 그래도 그렇지 바람도 햇빛도 없는 방안에서 작물이 자라요?"

다음 해 봄 정천익은 마지막 남겨둔 한 알의 씨앗을 정성스럽게 심었다. 이미 발아과정까지는 성공한 경험이 있으니 노지 재배를 하는 일만 추진시키면 되는 것이었다.

그는 사위가 말한 안남 땅의 기후 조건을 맞추기 위하여 부채로 바람을 부쳤다가 물을 쏟아 부었다가 한낮의 열기를 더하기 위하여 그 곁에 숯불을 피워보기도 했다. 이런 정성 덕분이었는지 정천익의 목화 재배는 일단 성공을 거두었다.

"성공이야, 성공!"

그는 어린아이처럼 즐거워하며 매일같이 밭에 나가 살았다.

겨우 한 포기가 자라났지만 그 한 포기에서 열개의 목화송이를 거둘 수 있었고 거기에서 백 개가 넘는 씨앗을 얻을 수가 있었다.

이듬해 정천익의 밭에는 목화가 무럭무럭 자랐고 헤아릴 수 없이 많은 목화송이를 거두어들였다.

익점은 장인이 목화재배에 성공을 했다는 소식을 듣고 기뻐서 소리쳤다.

"목화! 성공이야 성공."

그러나 아무도 목화가 무얼 뜻하는지는 몰랐다. 그의 가슴 한 편에는 장인이 재배에 성공한 목화와 안남 땅에 두고 온 목화가 뒤엉켜 있다. 또 그 속에는 달성귀가 말한 무역수출이라는 말도 포함되어 있었다.

그는 벼슬도 좋고 나랏일도 중요하지만 허울 좋은 감투만 써 가지고는 아무 소용없다는 것을 절실히 깨닫고 난 뒤였다. 공명은 그다지 소용없는 짓이다. 진정 나라를 위해 할 일이란 헐벗고 추위에 떨고 있는 백성들에게 따뜻하게 먹고 입는 일을 해결해주는 일이다. 백성들에게는 따뜻한 밥 한 그릇과 추위를 가릴 옷과 이부자리가 있으면 그만이다. 누구 말처럼 '등 따시고 배부르면 천자가 부럽지 않은' 것이 백성들이다. 공부를 해서 벼슬을 한 자는 모름지기 백성을 위한 일을 해야 한다.

"내가 할 수 있는 일은 바로 그 일이야."

그는 앵두가 따뜻한 옷 덕분에 그나마 생명 부지하고 살아 있었던 것을 보게 한 것이나 달성귀 같은 인물을 만나게 한 일이며 목화를 만나 인연을 갖게 한 것을 보면 이 모든 것들이 우연히 된 게 아니라 하늘이 내린 운명이라는 생각이다.

"목화농사를 지어야 해."

이 무렵 익점은 공민왕으로부터 더욱 큰 신임을 얻어 중현대부 예문관제학 겸 지제고를 받아 우문관제학이라는 중책에 올랐다. 그렇지만 목화가 인삼에 못지않은 돈벌이 품목이라는 생각을 지워버릴 수가 없다. 큰돈을 벌어야 해. 큰돈을 벌자면 거기 전적으로 매달려야 한다. 때마침 장인 정천익이 목화재배에 완전 성공을 거두었고 열심히 연구한 결과로 조면법과 타면법은 물론 방적법, 직조법까지 알아냈다 하니 이제 만사를 젖혀두고 그 일에 동참을 해야만 한다는 생각이다.

"무역을 하는 거야."

그는 커다란 무역상을 꿈꾸었다. 신라의 무역 왕으로 장보고라는 인물이 있었다.

장보고는 해상로를 통하여 중국 일본은 물론이고 머나먼 아라비아까지 그 활로를 넓혔었다. 어쩌다가 정치에 관여했다가 비참한 최후를 맞이했는지 모르겠지만 대상으로서의 장보고는 정말 멋진 생애였다고 할 수 있다.

"그러자면 먼저 배를 모아야 하겠지."

배를 모으자면 큰돈이 필요할 것이다. 그러자면 먼저 목화재배에 성공을 해야 한다. 성공의 첫 순서가 뭐지? 대량생산이다. 그 대량생산을 하자면 재배 면적을 넓히고……. 넓히자면 전국적으로 그 범위를 확장해야 한다. 그렇게 되자면 국가 경영체제로 들어가야 한다. 목화재배는 어느 누구 한 사람 개인이 독점할 사업이 아니다.

이 사업을 독점하자면 그 종자 보급부터 제약을 해야 하는데? 종자를 판다? 팔면…. 그 다음은? 그들이 그 종자를 받지 않나…. 종자의 파급을 막는다? 그건 불가하다. 종자의 파급을 막아서는 안 된다. 막을 길이 없다. 결국 안남 땅에서도 여기까지 그 종자가 흘러들지 않았는가? 좋은 샘물을 먼저 길어간다고, 좋은 종자란 날개가 돋치는 법이거늘. 그걸 어떻게 제한해 막을 수 있겠는가? 독점사업이란 없다. 그렇다면 결국 종자를 많이 퍼뜨린 다음 물품 구매를 독점하는 수밖에 없을 일…. 그러자면 거기 또 거대한 자금이 필요하게 된다.

그는 밤새 사업구상에 몰두한다.

"결과적으로 돈이야."

돈이 있어야 전량수매가 가능하다. 그렇지. 종자를 내어줄 때 수확량을 미리 예측해 그걸 전량 수매토록 하는 거야. 그는 하루 아침에 세상 돈을 다 긁어모으는 대상이 된다. 대상이 되어선 넓디넓은 세상을 주유한다. 그렇게 되면 목화를 다시 만날 수도 있을 것이라는 꿈같은 생각이다.

"뭘 생각하느라 밤잠도 못 주무시고 그러셔요?"

아내 송이가 묻는다.

"밤이 야심한데 그만 자리에 드셔요."

"알았소."

그는 일단 이렇게 말해놓고선 또다시 궁리에 궁리를 거듭하느라 자리에 들지 못한다. 자리에 누워서도 그 생각을 떨쳐버리지 못한다. 그러한 그를 송이는 이해할 수가 없다.

"탕제를 데워놨는데…….."

보약을 달여놓았으니 마시란 것이다.

"고맙소."

익점은 이러한 아내를 대할 때마다 가슴이 더 미어지도록 목화가 그립다. 오랜 시간은 아니었지만 낯선 이국땅에서는 그보다 더 큰 위안이 없었던 목화였다. 그를 살린 목화였다. 그동안 들었던 정도 정이었지만 떠나올 때 회임을 하고 있었는데 그게 어떻게 되었는지 궁금하다.

"여보."

약을 마시고 난 그가 나직이 아내를 부른다.

"……."

송이는 다음 나올 말이 무엇인지가 기다려진다. 뭔지 모르겠지만 남편이 가슴앓이를 하고 있는 문제가 있다는 직감은 들었으나 차마 입 밖에 내어 그걸 물어보지 못했던 송이였다.

"당신에게 할 이야기가 있소."

"……."

송이는 이번에도 더 이상 말이 없다. 그 입에서 무슨 말이 불쑥 튀어나올 것인가? 그 말이 두렵기도 했지만 남편이 무슨 말을 하건 그 말을 믿고 따르겠다는 순종의 의미도 이 깊은 침묵 속에 포함되어 있었다.

"내 지난번 안남 땅에 있었을 때."

아! 안남 땅…. 옷을 지어 입혔다던 여인네…. 이미 들어서 알고 있는 이야기였지만 이런 때 차마 그 이름이 나올 줄은 꿈에도 생각 못했다.

"언젠가 한 번 이야긴 했었지만……."

송이는 더 이상 그 이야길 듣고 싶지 않으면서도 또 한편으로는 끝까지 하나도 빠짐없이 다 듣고 싶은 심정이기도 하다. 부부간에 비밀이 있어선 안 된다.

"목화라는 그 여인에게서 솜 타는 법과 실 뽑는 법을 배웠소. 이제 장인어른이 목화재배에 성공을 거두었다 하니 돌아가 그 일을 거들어야 할 것 같아요."

그러면서 그는 목화야말로 인삼보다 더 큰 돈벌이를 할 수 있는 효자품목이라는 이야기를 한다.

"목화는 곧 황금알이요."

그는 자신이 생각해도 왜 돈 말이 먼저 튀어나왔는지 모르겠다. 정작으로 하려 했던 말은 목구멍 저 안으로 들어가 더 이상 나오지 않는다.

"낙향을 하시겠다는 말씀이십니까?"

"아무래도……."

그게 좋을 것 같다는 이야기다. 벼슬이라는 건 그에겐 어울리지 않는 일이다. 밤낮없이 서로 제가 옳다고 우길 뿐이지 정작으로 나라를 위해서 일하는 자는 없다. 사리사욕을 빼고 나면 시체뿐인 벼슬아치들이다. 벼슬에만 눈독을 들이는 세상이다. 결국은 뭔가? 재물을 위해서다.

"그게 좋을 것 같아요."

그는 두 어른을 보라고 한다. 두 어른들 모두 시골생활을 하는 것은 벼슬을 못해서가 아니라 이런 세상이 싫었기 때문이라는 말을 한다.

"두 어른들 봐요. 오죽이나 환멸을 느꼈으면 낙향해 조용히 살기를 원했겠소?"

"궐내 일이 그렇게 복잡한가요?"

"부인 같은 사람은 하루만 그 속에 있으라면 아마 질식해서 죽을 거요."

"그렇게나 심하신 말씀을?"

"정말이요. 녹봉은 쥐꼬리만 한 데다가 사람 부려먹기를 개같이 하는 곳이 궐내생활이라는 걸 안 당해본 사람은 모르오."

그러니 사람답게 살자면 딴 일을 하지 않으면 안 된다. 게다가 아직도 조정 일부에서는 원나라에 내통하는 자들이 있어 끊임없이 그를 위협하고 있다. 귀양을 간 몸이면서도 마음대로 배소를 이탈했으니 그것은 엄연히 황명을 거역한 짓이라는 주장이다. 귀양에서 풀려났으면 황제의 명을 받아 떳떳하게 돌아올 것이지 왜 배를 타고 밀항했느냔 것이다. 다행스럽게도 공민왕은 이러한 간신배들의 상소를 묵살하고 저들을 오히려 아부밖에 모르는 소인배들이라고 몰아세웠지만 언제 또 상황이 바뀔지도 모르는 판국이었다. 그런데다가 요즘은 모든 국정을 신돈(辛旽)이란 자가 맡아 하고 왕은 일선에서 물러나 앉았다.

그는 이러한 정치판이 싫다.

"사람이 사람의 도리를 잊어버리게 하는 곳이 바로 궁궐생활이오."

이곳이 어딘가? 고려 서울 개경이다. 개경 사람들은 사치와 환락에 빠져 그걸 깨닫지 못한다. 전혀 다른 세상을 두루 돌아보고 온 그로서는 확연히 눈에 들어오는 사실인데도 그 속에 빠져 있는 사람들은 그걸 못 느낀다.

"사람 사는 도리는 이런 게 아니오."

"군자는 대로행이다?"

송이는 말은 이렇게 하면서도 당신 뜻대로 하라고 한다. 군자는 대로행이다. 아무리 가까운 지름길이 있어도 큰길로 가야 한다. 길이 아니면 가지를 말아야 한다. 정도를 말함이다. 누누이 들어온 말이었고 책에서도 읽은 성인군자의 말씀이다. 남편은 아내의 말보다는 성인군자의 말을 더 따르는 사람이다. 그렇다면 바늘 가는 데 실 가듯이 아내는 남편의 뜻을 따라야 한다. 설혹 그것이 남편의 잘못된 판단이라 할지라도 여필종부 하는 자세로 살아야 한다. 하물며 사내대장부가 옳은 길을 가겠다는 데 그걸 막고 나설 송이가 아니다. 송이는 슬기로운 여인이다.

송이는 이런 마음으로 기꺼이 그를 따르겠노라 한다.

"뜻대로 하시옵소서. 군자 나으리."

"고맙소, 부인."

그는 이렇듯 쉽게 자기 마음을 헤아려주는 아내가 고맙다. 보통의 여자들은 개경을 떠나기 싫어한다. 싫어하는 정도가 아니라 개경을 떠나지 않기 위해 윗사람들을 찾아다니는 추태를 부린다. 사생결단, 한사코, 지방 전보를 막기 위해 그동안 모았던

재물을 쏟아 붓는다. 그러기 위해서는 불가불 부정축재를 해둘 수밖에 없다. 이런 악순환의 고리들을 송이도 어느 정도는 보고 들었을 것이다. 개경에 오면 나쁜 것부터 배운다지 않는가?

"그런데 일을 아주 그만두시진 말고 휴직을 신청하는 게 어떨까요?"

그래야만 일단 정국이 안정되고 마음이 진정되면 그때 봐서 다시 일을 할 수 있지 않겠느냔 명안이다.

"나도 그 생각을 안 해본 건 아니지만."

그건 사내로선 할 수 없는 비겁한 짓이라는 것이다.

"군주를 속이는 처사가 아니오?"

송이는 남의 속에 들어가 보지 않은 이상 그런 걸 누가 일일이 캐묻고 다니나요? 하려다가 그만둔다. 남편의 대쪽성질을 누가 꺾을 것인가? 그리고 또 그게 옳은 생각임에랴.

"공자께서 말씀하셨소. 서운효호 인저유효 하며 우우형제 하여 석어유정 이라하니 시역위정 이니 해기위정 이리오."

누가 공자에게 묻기를 '공자는 왜 정치를 아니 하십니까?' 공자 말씀하시기를 '서경에 효도를 말했음인즉 효도하여 형제로서 우애하여 정치 있는 곳에 시행한다 하니 이게 바로 정치에 참여하는 길이다, 하니 어찌 따로 그 정치 아니한다 하리오. 정치란 반드시 관청에서만 하는 것이 아니다. 효도와 형제간의 우애 있는 생활 그 자체가 바로 그 정치에 참여하는 길이라는 뜻이다. 이건 정치에 참여는 백성의 기본이다. 그 정치라는 것은 그 나라에 덕이 되는 일을 말함이다.

"부인, 내가 하려는 일은 작은 일이 아니오."

그는 장차 나라에 큰 득이 되는 일을 하려 함을 설명한다.

송이는 남편의 말뜻을 알아들었다고 말한다.

"그 말뜻은 알아들었습니다."

그러니 그 방법을 강구해보라는 이야기다. 그래야만 불충이 되지 않는다. 또한 어렵사리 복직을 위해 애써준 친구 동료들한테도 누가 되지 않는다. 자칫 잘못하면 자기 잘못을 스스로 자인하고 물러선다는 인상을 줄 수도 있는 조심스러운 때다.

"아버님 핑계를 대세요."

"……."

"아버님 몸져누우우신 지가 언제예요? 살아생선에 효도 한 번 한다고 하세요."

부모가 살았을 때는 예로써 모시고 죽음에 예로써 섬기라 하였다. 그게 효도다. 부모는 오직 자식이 병들까 근심한다. 근자의 효도는 잘 기르는 것이라고 말하지만 개와 말도 키움을 받는데 존경이 따르지 않으면 그게 어찌 효도라 하랴. 힘든 일이 있으면 젊은이들이 수고를 하고 술과 음식이 있으면 먼저 대접을 하는데 그것만 가지고 어찌 효도라 하랴. 항상 즐거운 낯으로 부모를 섬김이 어렵다. 이 어려움이 효도다.

이 어려움이라는 것은 항상 부모 곁에 있어야 한다는 말과 같다. 공자는 또 이렇게 말했다. 배우기만 하고 생각하지 않으면 없어지고 사색만 하고 배우지 않으면 위태롭다.

실천하지 않으면 소용없다는 뜻이다. 효도도 실천하지 않으면 무슨 소용? 배운 자로서 마땅히 해야 할 도리다. 효도는 인륜의 기본적 도리이다. 그 기본 도리를 하겠다는데 누가 뭐랄 것인가. 생각이 여기까지 미치자 그는 용기가 났다.

"알겠소. 그런 명안이 있었구려."

효도를 하기 위해 잠시 낙향하겠다는데 누가 뭐랄 것인가?

그는 이 일을 먼저 목은과 상론한다.

이 무렵 목은은 부친상을 당하여 삼년시묘를 치르고 올라온 지 얼마 되지 않았다.

"부친이 편찮으시다면 이러고 있을 때가 아니잖은가?"

목은은 때마침 이곡 선생의 문집이 간행되었다며 〈가정집〉과 〈죽부인전〉을 건네준다.

"이 책은 선친께서 평생토록 한 업적일세."

익점도 이미 그 글들을 편편이 읽어본 적이 있어 더욱 감회가 새롭다. 〈가정집〉은 글쓴이의 모든 생애가 담겨 있는 마음의 글이고 〈죽부인〉은 지어낸 세상의 일이다.

-글이란 직접 그 사람이 한 일을 기록하는 글이 있고 머릿속으로 지어내는 글도 있느니.

스승은 일찍이 학문에 통달하신 뒤 있을 법한 이야기까지 지어내셨다.

-글 제목 뒤에 '전'이라는 말을 덧붙이는 것은 짐짓 꾸며낸 이

야기이긴 하지만 그 이야기를 통해 이루고자 하는 세상이 또 있느니.

스승은 지어낸 이야기를 통해 이상을 펼치려 했던 분이시다. 이제 그러한 어른이 돌아가셨으니 큰 별이 떨어진 셈이다. 익점은 제대로 상문도 못한 회한이 있어 더욱 미안하다. 그렇지만 자신의 입장을 가장 먼저 이해해주는 목은이 한없이 고맙다.

"고마우이."

익점은 목은으로부터 스승의 문집을 받아들고 포은을 찾아갔다.

포은은 마침 외출을 하려던 참이었다.

"마침 잘 왔네."

포은이 반갑게 그를 맞았다.

"내 지금 청한 거사를 뵈러 가려 하는데 함께 가세."

청한 거사는 신돈의 호다.

신돈은 김원명의 추천을 받아 입궐하였고 이내 공민왕의 신임을 얻어내 왕실 사부가 되었다. 이즘은 진평후라는 봉작을 받아 궁궐 안팎을 혼자 활개 치고 다니는 인물이다. 신돈은 '전민변정도감'을 신설해 토지개혁을 단행했다. 부호들이 강제로 빼앗아 간 농지를 본래 주인에게 되돌려주는 일이다. 뿐만 아니라 노비 해방도 시켰다.

"요즘 아무래도 신돈의 태도가 이상해."

신돈은 최영을 느닷없이 모함하여 유배 보냈다.

최영은 1363년 흥왕사의 변을 막아 왕의 목숨을 구해 찬성사가 되었고 1364년 최유가 덕흥군을 왕으로 추대 고려를 향하여 쳐들어왔을 때 또 한 번 저들을 물리쳐 왕의 신변을 확고히 지킨 장군이다. 1365년 강화도에 쳐들어온 왜구를 물리치고 있던 중 신돈의 모함으로 느닷없이 계림윤으로 좌천 유배 길에 올라야 했다.

포은은 이러한 신돈을 따져야 한다고 말한다. 처음 개혁정치를 단행했을 때는 그도 그 추종자 중 하나였지만 이제는 아니다. 신돈에게서 뭔가 잘못된 낌새를 눈치챘다는 것이다.

"신돈이 권력을 업고 날뛰는 꼴이라니."

도무지 봐줄 수가 없다 한다.

그러한 자리에 익점을 같이 가자고 하는데 빠질 도리가 없다.

"또 무슨 일이 있었나?"

"있다 뿐인가?"

신돈이 이성계까지 모함하려 하고 있단다. 이성계는 함경도 영흥 출신으로 공민왕 5년에 아버지 이자춘과 함께 개경에 왔다. 이듬해 유인우가 쌍성총관부를 공격할 때 이들을 물리쳐 큰 공을 세웠다. 후에 아버지의 벼슬을 이어받아 금오위상장군 동북면상만호가 되었다.

1361년 홍건적의 침입으로 개경이 함락되자 사병 2천 명으로 수도탈환에 앞장서 제1착으로 입성 동북면병마사로 승진하였다. 이어 원의 나하추가 함경도 홍원으로 침입하는 것을 함흥평

야로 몰아내어 대파시켰다. 1364년 원나라 연경에 있던 최유가 충숙왕의 아우 덕흥군을 추대 1만여 군사로 쳐들어올 때 최영과 함께 달천강에서 이를 물리쳤다. 뒤이어 여진족의 삼선 삼개가 함경도 화주에 쳐들어왔을 때 이들을 격파한 공로로 밀직부사로 익대공신에 책록된 바 있다.

"이성계를 내치기 위해 모사를 꾸민다는 소문이야."

포은은 어디서 무슨 이야길 들었는지 약간 흥분이 되어 있다.

"이상한 일이 아닌가?"

듣고 보니 이상한 일인 것 같기는 하다. 나라를 지키기 위해 목숨 걸고 싸운 두 장수를 한꺼번에 몰아내려 한다면 거긴 반드시 무슨 꿍꿍이속이 있다. 그렇지 않고서야 혁혁한 전공을 세운 두 장수를 한꺼번에 내치려 한단 말인가?

"제깐 게 아무리 전하의 신임을 받는다고는 하지만 이럴 수가 있는가?"

"그게 사실이라면……."

포은은 이런 일일수록 크게 떠벌려서는 안 된다며 사나이답게 혼자 가서 그 연유를 따지려 했다 한다. 아무리 사임을 하고 낙향을 꿈꾸는 익점이라 할지라도 그런 자리라면 당연히 함께 가야 한다.

"함께 가보세."

"혼자 가는 것 보다는 든든하겠어."

"포은 같은 사람도 두려운 게 있나?"

"두렵냐고? 마침 신돈이 보제사에 납신다는 이야기를 듣고 혼자라도 가려던 참이었어. 이런 기회가 아니면 도대체 그를 만날 수가 없거든."

그렇다면 신돈은 어떠한 인물인가? 아무도 그에 대해서 아는 바가 없다. 도대체 그가 어디서 지내는지조차 아는 사람이 없다.

"거처를 숨길 정도면."

"일을 꾸미는 게 틀림없나 보군?"

공민왕이 그를 발탁해 전제개혁을 맡긴 데에는 그만한 까닭이 있었다. 그는 전무후무 아는 사람이 없다. 때문에 앞뒤 가릴 것 없이 소신껏 개혁의 역사를 수행할 수 있었다. 있는 자들의 가진 것을 압수해 없는 자들에게 나누어준다. 아무나 할 수 있는 개혁이 아니다.

그런데 갑자기 풍수지리설을 내세워 송도는 기가 쇠했으니 충주로 천도해야 한다는 말을 하기 시작하였다. 처음에는 장난삼아 하는 말인 줄 알았지만 그게 아니었다. 그를 따르던 일부 젊은 신진들이 그런 말을 제멋대로 하고 다닌다는 비난의 소리를 높이자 어디론가 거처를 숨겨버린 신돈이었다.

그러한 그가 무슨 볼일이 있어 백주대낮에 보제사에 나타났는지 궁금하다. 지금 포은은 신돈이 보제사에 있다는 정보를 듣고 급히 그리 가려던 중이다.

두 사람은 서둘러 말을 타고 보제사로 내달렸다.

시각을 잘 맞추었는지 때마침 하마비 앞에 세워둔 신돈의 말

풍운이 보인다. 풍운은 공민왕이 직접 내리신 호마다.

두 사람은 사비에게 말고삐를 맡기고 급히 법당을 향한다.

"허어, 뭘 그리 급히 가시오?"

그런데 뜻밖에도 신돈은 혼자 해우소에서 나오고 있다.

"두 분 혹시……."

소승을 만나러 오는 길이 아닌지요? 신돈은 이미 이들이 올 줄 알았다며 오히려 기다리고 있었다는 말을 한다.

"그렇습니다."

"그렇지요? 내 포은이 날 보러 올 줄 알았소."

신돈은 앞날을 훤히 내다보는 혜안을 가진 것처럼 허풍을 쳤다.

"이미 기다렸다니, 단도직입적으로 묻겠습니다."

"그러시지요."

그때 법당 안으로부터 낯익은 얼굴 하나가 나오는 것이 보였다. 정도전이었다. 정도전은 봉화 사람으로 호를 삼봉이라 했다. 1362년에 진사가 되었고 이듬해 충주사록이 되었다가 진교시주부로 발탁되어 통계문지후로 급 승진된 인물이다.

그는 입궐하기 전부터 이미 그의 호 삼봉에 얽힌 일화로 유명했다.

남한강 상류 단양에 도담삼봉이란 커다란 바위봉우리 셋이 있다. 물속에 잠겨 있지만 그 자태가 아름다워 상춘객들이 많은 곳이다. 셋 중 하나는 가운데 우뚝 솟아 있고 양쪽의 나머지 둘은 키가 좀 작다. 그런데 그중 하나는 이 큰 바위를 마주하고 앉았고 나머지 하나는 등을 돌리고 있는 형상이다. 사람들이 그 모양새를 보고 큰 바위를 지아비로, 마주 앉은 바위를 지어미로 보고, 돌아앉은 바위를 보고는 토라져 돌아앉은 첩의 바위라고 불렀다.

그런데 이 바위산들은 본시 거기 있던 것들이 아니다. 강원도 정선 땅에서 홍수에 떠내려온 것인데 여기 와서 명물이 되었다. 그 유명세 때문에 해마다 정선 관아에서 지세를 받으러 왔다.

하루는 이 지세를 걱정하고 있는 어른들을 본 어린 정도전이 '그런 일 같은 것은 걱정하실 필요 없다'며 그 일을 자기한테 맡기라 한다.

다음 날 정도전이 세금을 받으러 온 사람에게 이렇게 말했다.

"삼봉이 강원도에서 떠내려와 이곳에 머문 것은 여기서 오라고 한 것도 아니요 물난리 때문에 떠내려온 것인데, 이 마을에서 세금을 낸다는 것은 이치에 맞지 않는 일입니다. 그러므로 삼봉이 그렇게 소중한 것이라면 도로 강원도 정선 땅으로 가지고 가시오."

어린아이에게 호되게 당한 징세원은 혼비백산 다시는 그럴 일 없을 거라며 오히려 싹싹 빌고 갔단다. 이 이야기는 모르는 사람이 없다.

이 천하 신동이 뭣 때문에 신돈과 함께 있었을까?

포은은 정도전이 가까이 오기를 기다렸다가 이야기를 꺼낸다.

"이성계가 뭘 잘못했기에 그를 해하려 하는 것이온지요?"

신돈은 서슴없이 잘라 말한다.

"그는 상이 나쁘오."

"상이 나쁘다고 사람을 음해할 수 있소?"

"해하려는 게 아니라 오히려 그를 구하려는 거요."

"어떻게 그를 구한다는 건가요?"

"가래로 막을 걸 호미로 막자는 것이오."

이 무슨 선문답 같은 이야기들인가?

"일즉일체니 일체즉일이라 하였소."

신돈은 일체 천지만물은 비로자나불의 현현으로 본다는 화엄종의 대의를 내세우고 있다. 이는 고려 불교의 두 기둥이었던 대각국사와 의천이 늘 가르치넌 말씀들이다. 화엄종은 당나라 유학을 통해 얻어온 신라 원효와 의상을 그 발원으로 대각국사와 의천으로 흘러내려온다. 화엄경이 그 근본 경전이다.

그런데 신돈은 지금 왜 그들을 내세우려는 걸까?

"일찍이 도선이 말했소. 사기(邪氣)는 자라기 전에 잘라야 한다고……."

도선은 신라 국사로 도참사상을 설파했다. 그게 도선비기다. 그 비기에 의해 고려왕조를 세웠다. 신돈은 또다시 그 비기를 내세워 '송도기쇠설'을 내세운다. 그런 어마어마한 일을 하려면 이성계 같은 무장들이 있어서는 안 된다. 최영은 이미 기를 꺾었으니 다음은 이성계라는 이야기다.

"송헌이 무슨 잘못을 저질렀소?"

송헌은 이성계의 호다.

포은은 신돈이 더 이상 도참설 같은 구구한 이야기를 꺼내놓기 전에 그 말을 잘라 이성계를 내쳐야 할 만한 물증이 있냐고 다그쳐 묻는다.

"무슨 증거로 그의 사기를 들먹거리는 거요?"

"문관들이야 탁상공론밖에 모르는 인물들이니 겁낼 게 없고, 무관들이란……."

앞뒤 안 가리고 멧돼지들처럼 저돌적으로 대드는 성품을 가졌으니 그러한 사악한 기는 미리부터 꺾어야 한다는 이야기를 태연스럽게 하는 신돈이다. 이제 왕의 전권을 횡행할 수 있는 신분이니 아무것도 두려울 게 없다는 자만이 팽배해 있다.

"삼봉은 이 일을 어떻게 생각하시오?"

포은은 삼봉에게 이 일을 묻는다.

삼봉 정도전은 그런 일은 자기에게 물을 말이 아니라 한다.

"두 분은 뭔가 오해를 하시는 것 같은데 저는 그런 일로 여기 온 게 아닙니다."

우연히 한자리에서 만나긴 했지만 그는 신돈과 함께 온 게 아니란다. 부친상의 비보를 듣고 입궐했다가 나오는 길에 잠깐이나마 향이라도 피우고 내려가려고 보제사에 들렀다는 이야기다.

"사직서를 내고 나오는 길입니다."

"허어, 이런 일이……. 일신이 역시 부친 편찮으시단 기별을 받고 휴식을 청하고 나오는 길이랍니다."

두 사람은 먼저 상주에 대한 예부터 갖춘다. 상주에 대한 예는 곧 망자에 대한 예로 절을 두 번 한다. 산 자에게는 한 번, 죽은 자에게는 그 곱절로 하는 게 상례다.

"뭐라고 할 말이 없습니다."

두 사람은 쌈지를 열어 노자에 보태라며 부의를 챙겨주기까지 한다. 포은의 쌈지에서 나온 돈은 해동중보였고 일신에게서는 동국통보가 나왔다. 이만한 돈이면 집에까지 가고도 남을 여비다. 보통 서민들은 물물교환으로 상거래를 하였지만 나라의 녹봉을 받고 있는 이들에겐 보다 손쉽게 간직할 수 있는 화폐가 있었다.

"부의가 너무 과합니다."

"그냥 받아 넣게, 이 사람아."

삼봉은 잠자코 부의를 받아 넣는다.

그 사이 신돈은 씽하니 가버리고 없다.

"예의범절이고가 없는 인물이로군⋯⋯."

"그렇게 몰아세워놨으니 그냥 있겠어요? 그러잖아도 안하무인인 사람이."

그러면서 포은은 두 사람이 꾀병을 하는 게 아니냐고 묻는다. 조정에 무슨 큰일이 있으면 칭병을 하거나 상을 핑계로 나오지 않는 대신들이 있어왔는데, 두 사람의 동시 낙향에는 무슨 곡절이 있는 게 틀림없다는 포은의 말이다.

"그런 게 아니야. 내가 왜 허언을 하겠나?"

정도전이 갈 길이 바쁘다며 가고 나자 남은 두 사람은 법당 안으로 들어간다. 포은이 뭔가를 보여주고 싶다고 한다.

"여기야. 여기서 금용이란 작자가 왕을 시해하려 했어요."

"그걸 최영이 막았다?"

그런 최영을 귀양 보내다니 그게 어디 말이 되는 일인가? 그런데도 왕은 모르는 척했단다. 있을 수 없는 일이지만 실제로 그런 일이 일어났다. 그리고 또 이성계를 꺾으려 한다면, 신돈의 속셈은 무엇일까?

"그렇다면 아직도 왕권을 넘보는 자들이 있다는 이야기 아닌가?"

"신돈을 조정하는 자들이 있거나."

포은은 아직 그런 세력의 움직임은 없는 것 같다 한다.

"그렇다면 그가 직접?"

알 수 없는 일이다. 그런데도 알 수 없는 일은 끊임없이 일어나고 있다. 그게 세상 돌아가는 이치다. 생각해보면 세상이 돌아가지 않아도 이상하지 않을까? 세상은 바쁘게 돌아가야 한다. 그게 변화다. 맹자는 관수법을 설했다. 흐르지 않는 물은 고이고 고인 물은 썩는다.

공민왕은 개혁정치를 단행했다. 북벌정책을 단행하였다. 잃었던 땅을 되찾고 원의 지배에서 벗어나 민족주체성을 되찾자고 하였다. 그러나 지금은 모든 일을 신돈에게 맡기고 뒷짐 지고 물러나 앉았다.

"도대체 왜?"

익점은 이제 이러한 정치현실이 싫다. 싫어서 염증을 느끼고 떠나려는 것이다.

익점은 두 손을 모아 잠시 염불을 왼다. 옴마니 반메홈… 나무 아미타불… 옴마니 반메홈… 나무아미타불…….

"이제 이 혼미한 정치판도 그만이다."

그는 나직이 이 모든 것들과의 결별을 선언한다. 그러면서 그는 활짝 핀 목화 꽃밭 속으로 가고 있었다. 그러다가 문득 말을 타고 떠나가고 있는 삼봉을 바라본다. 삼봉신화를 낳은 신동이 부친상을 핑계로 낙향하려는 건 아닐까? 그 역시 이 난세에 혐오를 느끼고 있는 게 아닐까? 그러면서도 신돈의 보제사 내방과 때를 같이해 이곳을 들렀다는 게 풀리지 않는 숙제로 남는다.

"삼봉을 어떻게 생각해?"

법당을 나오며 포은이 묻는다. 포은 역시 삼봉의 출현이 풀리지 않는 것 같다.

"우연이라는 것도 있질 않겠나?"

"그게 사실이라면 좋겠네만."

포은은 아무래도 심상찮은 일이 또 생길 것 같다는 이야길 한다. 한번 의심을 하기 시작하면 한이 없다. 그런 면에선 익점이 좀 느긋한 편이다.

"이번에 내려가면 아무래도 오랫동안 못 볼 것 같아."

"조정의 대들보들이 다 빠져나가는군."

병이 얼마나 위중한가에 달려 있겠지만 병수발 하는데 한두 해 걸린다 치더라도 삼년 시묘까지 치르고 나자면 적어도 오 년은 족히 못 볼 낙향이다. 하물며 이제 다시 돌아오지 않기를 마음속으로 다짐하는 그에게 있어 포은과의 별리는 남다른 것이었다. 포은 역시 믿고 따르던 지기를 떠나보내는 심정이다.

"어디 가서든지 몸조심하게나."

"포은도……."

익점은 차마 떠날 수 없는 걸음걸이를 고향으로 돌려야만 했다. 부모님이 있고 나서야 나라가 있고 내가 있는 것이다. 이제 그 부모님 연로하여 몸을 가누지 못한다는데 어찌할 것인가? 게다가 그에게는 낙향을 하더라도 할 일이 있다. 이제는 그 일을 위하여 전력투구할 때다. 장인 정천익이 목화재배에 성공을 거둔 것이다.

9

한 송이 목화꽃을
피우기 위하여

밤부터 부엉이가 울어쌓는다.

부엉이는 그 집에 온갖 것들을 쌓아놓고 살기 때문에 부자를 상징한다. 부지런하고 말 많은 사람을 일컬어 참새에 비유하지만 부엉이는 엉큼하고 욕심이 많은 사람으로 상징된다. 우선 두 눈이 움펑하게 패인 것도 그렇지만 항상 제 먹을 것을 감추어두고 있는 데에서 그런 인상을 심어줬는지 모른다. 게다가 부엉이는 야행성이다. 주로 밤에 움직이기 때문에 밤마을을 잘 다니는 사람을 또 부엉이 같다고 한다. 밤눈이 밝다는 이야기겠다.

사람들이 정천익을 일컬어 부엉이라고 하는 데에는 어떤 까닭이 있어서다.

"그 사람 또 밤에 나와 있어……."

"누구? 부엉이 영감?"

"누가 아니래. 아예 밭에서 밤을 새운다는구만."

"그뿐인가? 그 사위란 작자도 부엉이가 다 됐다누마?"

사람들은 익점이 벼슬을 그만두고 내려온 데에는 그만한 까닭이 있을 거란 억측들을 하고 있다. 그러니 말들을 함부로 내뱉을 수 있는 것이다. 벼슬을 놓고 농사를 짓는 입장이라면 저나 나나 다 같은 입장이라는 것일 테다.

이게 사람들 인심이다. 관직에 있는 관리에게는 굽실거리고 아부를 해도 까짓 농사일 하는 사람이야 그게 어디 사람인가? 아무렇게나 대해도 된다는 이야기다. 게다가 요즘은 신돈이란 자가 나서서 신분의 높낮이를 없애고 있는 중이라니 신분에 아래위가 없다. 신돈은 고려 왕실의 전권을 위임받은 양 의기양양하게 노비들에게 자유를 주고 있다. 적서차별과 강제로 팔려간 노비해방을 천명하고 나선 것이다.

이런 판국에 조정 일을 보던 사람이 낙향을 해 농사를 짓겠다고 나섰으니 누가 그를 우러러보랴? 농사꾼 취급을 하려는 것이다.

"그런데 그 목화라는 게 뭔고?"

"그러게 말이야."

"긴히 쓰일 데가 있으니 저렇게 열을 올리고 있는 게 아닌가?"

이즘 들어 정천익은 아예 침식을 잊을 정도로 목화재배에 열을 올리고 있다. 그도 그럴 것이 사위 익점이 내려와 목화재배에

지대한 관심을 보였기 때문이다.

"장인어른, 저도 함께 농사를 지을 생각으로 내려왔습니다."

"그런가? 어차피 사돈어른 병간을 하려면 내려와 있어야 하겠지."

정천익은 사위도 다 같은 자식이라며 사위나 딸애를 곁에 두고 보는 게 즐겁다. 그것도 천금 같은 딸이 아니더냐. 그보다는 밤낮없이 외손자들을 껴안고 사는 장모님이 더 이들을 반기고 있다. 이들 부부는 애시당초 벼슬길에 나서는 것을 탐탁하게 여기지 않은 사람들이다. 사람은 무엇으로 사는가? 땅으로 더불어 산다. 농자천하지대본을 부르짖던 사람들이다.

정천익이 시를 한수 지어 농사짓고 사는 일의 즐거움을 토로한다. 아마도 그동안 벼슬살이와 세파에 시달리다가 귀향한 사위의 노고에 대한 위로를 이 한수 시에 의탁한 것 같다.

세상의 일 지저분하여 내 보지 않거니와
뜰에 가득한 송죽은 깨끗하고 고요하기만 하다

익점이 이에 대한 화답시를 지어 올린다. 시를 통해 전달받은 장인어른의 심사를 충분히 알겠다는 뜻인 듯하다.

산에 구름 끼고 시내에 물새 놀아 그윽한 향취 감도는데
그 누가 수풀 안에서 고요히 수양함을 알겠습니까.

참으로 오묘한 세계다. 시를 통하여 서로의 심중을 주고받을 수 있다는 것은 최고의 수행경지가 아니고서는 안 될 일인 것이다. 이처럼 시문을 통해 서로의 흉중을 주고받은 정천익이 조용히 다음 말을 잇는다.

"병구완 틈틈이 나와서 일을 보게나."

병구완을 한다고 해서 환자 곁에 늘 붙어 있는 것은 아닐 테니까 그 사이 농사일을 해보라는 것이다. 이 농사가 또 보통 농사인가? 세상을 놀라게 할 목화재배다.

"농사짓는 일은 어지간히 터득을 했네만……."

그걸 가공하는 기술이 문제라는 정천익이다.

익점은 그가 본 대로 실을 뽑는 가락이며 실을 감는 물레에 대해서 이야기를 한다. 그렇지만 그가 본 달성귀 역시 그 방면에 특별한 기술은 없었던 것을 기억한다. 그 때문에 노예 아닌 노예를 써야 한다고 말한 달성귀였다. 목화농사는 일일이 사람 손을 거쳐야 한다는 이야기다. 그렇지만 이미 노비조차도 다 해방시켜준 이들에게 있어선 무엇보다도 모자라는 일손이 문제였다.

"일일이 사람 손으로 수작업을 하자면 일손이 모자라서 엄두를 못내."

목화는 씨앗을 심어 그 열매를 따는 일까지는 별로 어렵지 않다. 목화송이를 딴 다음부터가 고역이다. 잘 익은 목화송이는 어린아이 주먹만 한 솜뭉치를 생산해낸다. 그런데 그 솜뭉치는 껍질로 둘러싸여 있다. 먼저 이것들을 껍질로부터 분리시켜내야 한다. 여기까지는 그런대로 또 해낼 만하다.

일단 껍질에서 꺼내놓은 솜뭉치에서 씨앗을 가려내야 한다. 이 과정은 시간이 오래 걸린다. 일일이 씨앗을 가려내기보다는 무슨 기계가 있어야 할 것 같다는 생각이다. 그다음 과정이 또 문제다. 이렇게 해서 가려낸 솜에서 실을 뽑아내야 하는데 솜뭉치에서 거미줄 같은 실의 가닥을 만들어내는 게 노역이다. 다시 이 실을 꾸리에 감아 서로 얽히지 않도록 풀을 먹인다. 풀을 먹은 실은 서로 얽히지 않을 만큼 뻣뻣해지는데 이 실을 이용해 날줄과 씨줄을 넣어 짜내는 것이 면포다.

또한 솜뭉치를 잘 펴서 옷이나 이불 속에 넣으면 솜옷이 되고 솜이불이 되어 짐승의 털이나 모피에 못잖은 포근함과 따스함을 준다. 그런데 이 일련의 작업과정에 일손이 너무 많이 든다는 문제가 생겼다.

두 사람은 이제 목화가 대량생산될 경우 이 문제를 어떻게 해결할 것인가를 논의 중이다. 정천익은 나름대로는 온갖 연구를 해 타면기와 조면기를 개발해냈다. 이미 누에고치에서 실을 뽑아 명주를 짜는 과정을 알고 있었기 때문에 어느 정도 응용은 가능했다. 그렇지만 누에고치는 끓는 물 속에 넣어 삶은 후 실을 뽑아내는 데 비해 이건 물속에 넣을 수가 없다.

"면포가 무역상품이 된 걸 보면 분명히 무슨 수가 있기는 있을 텐데."

도대체가 그 과정을 알 수가 없다. 이 궁리 저 궁리 대느라 밤잠을 설친다. 그렇지만 별 뾰족한 이치가 터질 리 없다.

그때 마침 웅석봉 단속사에 수도를 왔다는 호승 한 사람이 이들을 찾아왔다.

호승은 말이 좋아 승려였지 삭발체모와는 달리 술이며 고기를 억으로 박으로 먹어대는 호식가였다. 그는 중국 각지를 도는 것으로 모자라 고려까지 왔노라고 그의 행도를 자랑한다.

"걸승을 이렇게 후히 대접해주시니 몸 둘 바를 모르겠나이다."

그는 일단 이렇게 말을 하곤 밥값은 해야 한다며 시키지도 않은 장작이라도 패주겠단다. 그러다가 헛간에 수북이 쌓아놓은 솜뭉치를 보고 입을 딱 벌린다.

"이거, 이건 면화가 아닙니까? 내 고국에서나 보던 것을 예서 보니 눈물이 날 지경입니다."

그러면서 그는 면화는 중국에서도 금수품목이라는 이야길 한다.

"우리 칸께서는 이 면화재배를 위해 무던 애를 쓰셨지요."

중국 대륙에 있어서는 후한 때에 광동성의 해남도와 운남성 서쪽의 애로인이 면화를 심었고 투루판 지역의 고창국에 겨우 그 기술이 전파되었을 정도라고 한다. 호북 지역으로 수도를 옮긴 칸은 이러한 면화를 재배 보급하기 위하여 백방으로 노력하였다.

"우리 칸께서는 사농사에 명하여 농상집요의 농서를 편술하기까지 해가며 면작법을 권장하고 있었지요."

그러니만큼 이 목면의 씨가 밖으로 나가는 일은 국책으로 막고 있는 일이라 한다. 마치 해서는 안 될 일을 한 사람처럼 무언가를 뒤집어씌우려는 말투다.

자칫하면 이 알 수 없는 중한테 꼼짝없이 당할 수도 있겠다 싶어 익점은 이렇게 말한다.

"그러시지요? 그건 저도 잘 압니다."

익점은 근간 원나라 수도 대도를 다녀온 일이 있음과 황제께서 친히 이 씨앗을 고려에도 재배가 가능한지 시험해보라고 명해서 지금 이렇게 시험재배를 하고 있노라고 둘러대었다. 그러면서 그는 황명을 받고 안남 땅까지 순시하고 왔음을 은근히 자랑하였다.

"하! 그렇소이까?"

호승은 마치 칸이 이 자리에 있기라도 한 듯 정성스럽게 머리를 숙여 절을 한 다음 이렇게 말한다.

"소승 몰라뵈어 죄송합니다."

"천만의 말씀을요."

익점은 이 자가 혹시 몰래 민정을 살피러 온 감찰이 아닌가 하는 생각이 들어 미리 겁을 준다. 그는 원나라에서 예부시랑이라는 관직까지 받았던 이야기를 꺼낸다. 그러니 피차 서로 어쭙잖은 인사는 치우고 서로 할 말이 있으면 속 시원히 터놓고 이야기하자고 한다. 지금은 이렇게 부친 병구완을 나왔지만 머잖아 또 복직할 것이라는 말도 한다. 그때가 되면 다시 원나라 황실로 들어갈지 모른다는 거짓말도 꾸며댄다.

"소승 홍원이라 하옵니다."

그의 이야기를 다 듣고 난 호승은 태도를 바꾸어 이름을 홍원이라 통성명한다.

"이렇게 고명한 분을 몰라뵈었습니다."

홍원은 신돈의 하수임을 밝혔다. 신돈은 그 스스로 오도도사심관이라는 새로운 직책을 만들어 그 위에 앉았다. 고려 5도를 전부 총괄하는 심판관이 된 것이다.

"심관께서는 아직도 노비를 풀어주지 않은 지방 토호들을 내사해 오라 하셨습니다."

그는 그 수행을 위해 전국각지를 돌고 있다 했다.

"우리 배양촌 판서님께서는 일찍이 사비를 다 방면해주셨더군요."

그 소문은 이미 들은지라 그에 대한 노비방면 문제는 아무 탈 없다고 한다. 그렇지만 이 많은 토지는 어떻게 할 거냐고 묻는다.

"이건 사전이 아닙니다. 나라 땅입니다."

둔전제 실시 이후 관둔제라는 것이 있었다. 관둔제는 국유지 5결을 나누어주어 거기 농사를 짓게 하고 이 농산물로 지방 관청의 경비를 충당하려 한 제도이다. 처음에는 그런대로 실시가 잘되는 듯했지만 날이 갈수록 흐지부지 권문세가들의 입속으로 들어가 버렸다. 때문에 가호둔전을 두었다. 가호둔전이란 종자를 나라에서 보급해주는 대신 조세를 거두는 형식을 말함이다. 이 또한 과다한 조세부담으로 일반 농민들의 회피현상이 일어나 실패로 돌아갔다.

"이제 우리 심관께서는 이렇게 잃어버린 토지를 철저히 규명해 되찾으려 합니다."

그걸 찾아서 정말로 농사짓고자 하는 농민들 손에 쥐어주겠다는 것이다.

"그 취지는 저도 잘 알지요. 저 역시도 포은과 삼봉 등을 도와 그 일을 추진 중에 있었으니까요."

애초 취지대로라면 좋았다. 신진사류들이 모두 이에 동조해 일을 거들던 중이었다. 이러한 개혁정치는 말없는 혁명이었다. 어물어물 나라 땅을 삼켰던 토호들의 불만은 하늘을 뚫을 듯했지만 새바람을 막지는 못했다. 그런데 그 일을 주도했던 자가 변질되었다는 게 포은의 주장이었다. 포은은 이를 밝혀내기 위해 신돈과의 일전을 준비하고 있었던 것이다.

그 과정에서 낙향을 한 익점은 그간 조정에 무슨 변화가 있었는지 잘 알지 못한다. 한 가지 분명한 것은 인간은 누구나 자기보다 높은 자에겐 굽실거리고 낮은 자에겐 턱없이 고자세라는 것이다. 지금 이 자도 그렇다. 익점이 고위층 이름을 대고 잠깐 휴직상태라는 걸 듣고서야 자세를 낮추질 않는가.

세상은 수시로 변하는 것이라 그 정세를 파악하자면 좀 더 신중을 기해야 한다. 익점은 도대체가 이 호승의 정체를 알 수가 없다. 잘못하면 책을 잡힐 수도 있다. 이미 포은이 신돈에게 선전포고를 한 이상 실권을 잡고 있는 신돈과는 그리 좋지 못한 관계일 것이 뻔하지 않은가? 이 자가 신돈의 수하라면 필시 무슨 까탈을 잡으러 여기까지 온 것이 아닐까? 그렇다면 미리 못을 박아두는 편이 좋다.

"내려오기 전 심관을 만났습니다."

보제사에서 만난 심관 신돈의 모습을 이야기하는 익점이다. 그래야만 이 자의 기를 미리 꺾을 수 있으리란 속셈에서였다.

"그날 심관께서 말씀하셨지요. 가거든 목화 거두는 일에 성공해 나라에 덕이 되게 하라고요."

사위의 이러한 복잡한 심정을 알아챈 정천익이,

"스님께서는 여러 곳을 두루 다니셨다니, 목화에 대해서도 잘 아시겠습니다?"

하고 말머리를 돌렸다.

"목화에 대해선 좀 알지요."

호승은 자기도 자신이 내밀려 했던 올가미를 어디서 어떻게 거둬야할지 모르고 있다가 정천익이 딴전을 부리자 돌파구를 찾았다는 느낌이다.

"소승 고향이 투르판이란 곳인지라."

거긴 목화는 물론이고 포도재배를 많이 한다고 한다.

투르판은 일찍이 대상들이 무역을 다니는 비단길로 저들의 먹거리를 제공하는 곳이라 한다. 때문에 그 어느 곳보다도 정보가 빠르고 동서양의 문물이 먼저 들어오기 때문에 문명이 발달한 곳이란다.

"투르판은 사막입니다."

그 바짝 마른 땅에서 어떻게 포도와 목화가 생산되는지에 대해서 그는 설명을 하기 시작한다.

"그렇지만 좋은 물 있어요."

주변에 만년설로 뒤덮인 높은 산들이 있는데 이 눈 녹은 물을 끌어들이는 관개시설을 했다는 것이다.

"원나라에는 명물 두 개 있어요."

땅 위로는 진시황제 대에 쌓은 만리장성이 있고 땅 밑으로는 투르판의 이 관개수로라는 이야기다. '카레스'라 불리는 이 수로는 만년설의 눈 녹은 물을 지하수로로 끌어들여 사막의 마른땅을 적시게 만들었다. 작열하는 태양빛에 충분한 수분을 받은 이곳 포도는 서역 사람들이 가장 선호하는 비단과 함께 잘 팔리는 농산물 중의 하나로 아라비아 유리와 귀금속을 맞바꾸는 품목으로 선택되었다. 이러한 지역이니만큼 목화재배도 시험해보지 않을 수 없었을 것이다.

"그 지하 수로를 이으면 만리장성보다 더 길어요."

투르판의 땅 밑으로는 거미줄 같은 물길이 뚫려 있어 사철 언제라도 풍부한 물을 이용할 수가 있단다.

칭기즈칸은 제일 먼저 이 지역을 정복해 그 아들에게 맡겼다. 그 세력이 서역으로 진출해나가 여러 한국들을 세웠다.

호승은 거기 세상에서 제일 뜨거운 화염산이 있다는 이야기도 한다.

"화염산 밑에 고창국이 있지요."

고창국 사람들은 말 대신 낙타를 타는데 이들 역시 면포를 짜는 데는 기술자라 한다. 신라의 혜초가 이 길을 통해 인도에 가 불법을 구해 왔다.

그는 또 고비사막 한가운데 돈황이라는 곳이 있다면서 거기 동굴사원이 있다는 이야기도 한다. 그 동굴 안에 수많은 불서들이 있는데 그중에는 혜초의 기록도 있다고 한다.

"혜초는 천축국을 다녀온 기록으로 〈왕오천축국전〉을 남겼지요."

익점은 이 호승의 해박한 지식들과 많은 경륜에 감탄을 하면서 그가 보고 들은 안남 지역 이야기를 한다.

"그 서책을 읽어보았습니까?"

"너무 많은 서적들이 있어 다는 못 읽어봤습니다만."

대충 훑어본 바로는 혜초가 천축국을 오가며 듣고 보고 느낀 점을 쓴 글이라 한다. 익점이 또 묻는다.

"그런 글이 왜 거기 있었을까요?"

"천축국을 오가는 모든 사람들이 고비를 지나지요."

고비는 사람이 견디기 힘든 모래사막인데 그 가운데 오아시스가 있다. 돈황에는 월아천이라는 오아시스가 있어 모든 여행자들이 여기서 묵고 간다.

"혜초도 돈황에 머물며 그 글을 써 정리했을 것으로 생각합니다."

익점은 자기도 운남 땅을 돌며 쓴 글이 있다고 한다. 중이 그 글이 어디 있느냐고 좀 보자 한다.

"그 글은 지금 개경에 있습니다."

"개경에요?"

익점은 〈운남 풍토기〉를 좀 더 상세하게 다시 쓸까 생각 중이라고 말한다.

호승은 이렇게 며칠을 친구처럼 지냈다.

그는 그 틈틈이 솜에서 씨앗을 분리해내는 씨아와 실을 뽑아내는 물레며 베틀 만드는 방법 같은 걸 가르쳐주었다.

"마침 이전에 사농사에서 일한 경험이 있걸랑요."

그는 중이 되기 전에 관리였었다며 겸연쩍게 웃는다. 쌀로 담은 쌀 술맛이 참 좋다는 것이다. 지금 같은 형편에선 이런 집이 아니고서는 술맛을 보기 어려운 때라 그도 얻어먹을 것은 얻어먹고 보겠다는 심산인 것 같았다.

"술맛은 대리국 옥룡설산 아래 샹그릴라 술이 일품이지요."

"어떻게? 그 샹그릴라 술맛을?"

"내 아까 그러잖았소? 나도 화남 땅을 돌아 안남까지 두루 살피고 왔노라고요."

익점은 리장과 나시족들의 생활 풍습, 그리고 여인천하를 이야기한다. 홍원은 여기서 한풀 꺾인다. 사실 자기는 화남 땅은 가본 일이 없단다. 단지 세상에서 제일 살기 좋은 곳으로 샹그릴라를 꼽는다는 이야길 들어본 적은 있다고 했다.

"지상의 낙원을 직접 보셨군요?"

홍원은 그 설산이 손오공이 잘못을 저질러 갇히기도 했던 산이라는 이야기를 한다. 손오공은 당나라 구법승 삼장법사를 따라 불경을 구하기 위하여 천축국을 향하는 원숭이 왕 미후를 일컫는다. 이 원숭이는 잔재주가 많기로 유명하여 온갖 모험을 펼치는 〈서유기〉의 주인공이다.

익점도 서유기를 읽은 적이 있다. 스승께서는 지어낸 이야기 같은 것은 사람을 미혹시키는 위작이지만 그 속에서도 진실은 찾을 수 있다고 가르치셨다. 그게 소설이다. 때문에 많은 독서를 주문하였던 것이다.

이제 그 독서의 노고에 대한 값어치를 인정받을 때인 것 같다.

"리장 고성의 술이 왜 유명하냐면 옥룡설산의 눈 녹은 물로 빚었기 때문이지요."

익점은 설산의 눈 녹은 물을 시내까지 들어와 큰 호수를 만들었는데 그 맑고 찬 물이 땅속에서부터 퐁퐁 솟아오른다고 한다.

"그 물방울의 기포가 마치 보석 같아서 아침 햇살이나 지는 햇살에 비춰보면 영락없는 황금 비취예요."

그 황금 비취 속에 설산이 얼비쳐든다.

"그래서 샹그릴라의 술을 황금주라고도 하지요."

익점은 이 배양리 물 또한 동분서출 하는 황금수로 그에 못지 않다는 이야기를 한다. 그러면서 술을 권한다.

"여기 배양리 물 또한 그에 못잖은 청정수랍니다."

홍원은 익점의 박학다식함에 놀란다.

"동분서출이라면……."

"물이 동쪽에서 솟아 서쪽으로 흐르는 걸 말하지요."

세상의 기운은 동쪽에서 솟아 서로 지는 해와 같다. 그렇듯 이 자연스런 기운을 안고 솟아나 흐르는 물이 제일 좋은 물이 된다. 동분서출 하는 물이 바로 황금 샘이라는 것이다. 물 하나에도 그 기운을 따져 마시는 게 신선이다. 술이 들어가면 누구나 신선이 된 듯 착각하게 마련이다.

불그스레하게 취기 오른 두 젊은이의 이야기를 들으며 정천익은 연장을 만들기 시작한나.

이렇게 해서 정천익은 베 짜는 데 필요한 여러 가지 기구들을 만들게 되었다.

실로 우연스런 일이었다.

그러나 익점은 이 모든 게 우연이 아니라 생각한다. 처음 앵두를 통해 면포를 본 데서부터 목화를 통해 베 짜는 것을 본 것이며 안남의 노인네 집에서 그 씨앗을 구해다 심은 것, 그리고 그걸 살린 정천익의 정성, 또 거기다 금상첨화격으로 홍원이라는 호승으로부터 솜 타는 기구들을 만드는 방법과 타면기술까지 배웠으니 이 모두가 하늘의 계시가 아닌가 싶은 것이다.

처음 목화송이에서 씨앗을 가려내는 일을 하는 것이 씨아다.

씨아는 쐐기처럼 두 개의 나무 가닥을 맞물려 돌아가게 해 씨와 솜을 분리하는 장치이다.

그다음으로 어려웠던 문제가 활이다. 일단 씨앗을 가려낸 솜 뭉치에서 실을 뽑아내는 단계다. 이 과정이 가장 난제였는데 의외로 간단한 방법이 있었다. 커다란 대나무 활을 만들어 솜뭉치에다 대고 활줄을 퉁퉁 퉁기는 것이다. 이 활줄에 솜이 묻어난다. 이 묻어난 솜을 두 손가락으로 비벼 문지르면 가느다란 실이 된다. 이 실을 물레에 걸어 돌린다. 그러면 물레에 실이 감긴다. 이 실을 다시 가락에 되감으면 실꾸리가 된다. 이 실꾸리들을 베틀에 걸어 날줄과 씨줄로 교차시켜 베를 짜면 되는 것이다.

여러 번 시행착오가 있었지만 일은 순조롭게 잘 진행되었다. 마침 처남들의 손재간이 있어 연장을 다루는 데에는 저들의 도움이 컸다.

"이젠 됐지요?"

드디어 만들어낸 기구들의 쓰임새가 시험에 성공했다.

"이렇게 간단한걸."

"알고 나면 쉽지."

무엇이나 알고 나면 쉬운 법이다. 그렇지만 그 알 때까지의 고생이란 이루 말할 수 없다. 드디어 전 과정을 일일이 시험해 성공을 거두었다. 면포를 짜내는 데도 일단 성공을 거두었다.

"드디어 완성이야."

그러나 사람의 일은 한 치 앞도 모른다 했던가.

호사다마란 말이 있었던가.

몇날 며칠 걸려 이제 막 베를 한 필 끊었는데 부친이 돌아가셨다는 비보가 날아들었다.

"아버님이?"

익점은 아버지의 운명도 모른 채 베틀 만드는 일에만 전념하고 있었던 자신을 원망한다.

"매형! 어서 가보세요. 말안장 얹어놨어요."

처남인 문래가 망연자실 주저앉아 있는 그를 일깨운다.

"아버님 병구완을 위해 내려왔는데……."

내 어찌 이럴 수가 있단 말인가? 익점은 그제야 목화에 너무 골몰해 있었던 요 며칠을 후회하며 통곡한다. 아버지의 임종도 모르고 베틀에 미쳐 있었다니.

"어서 가보게. 나도 뒤따라 감세."

익점은 장인이 잡고 있는 말고삐를 낚아채듯 빼앗아 쥐고는 집으로 내달린다. 그렇다. 어찌 이럴 수가 있단 말인가? 그깟 베틀이 뭐라고 아버지 마지막 가는 길도 지켜드리지 못했단 말인가? 그는 저절로 흘러내리는 눈물을 닦으며 박차를 더한다.

"아이구, 도련니임."

동구 밖에 이르니 언제부터 나와 기다렸는지 금용이 거기 서서 울고 있다.

"천만다행이어요."

뭐가 또 천만다행이란 건가?

"나리께서 다시 또 깨어나셨구만이라요."

"아버님께서?"

하늘이 도우는구나. 하늘이. 자식 된 도리로 그 부모님의 임종을 못 지키면 불효자다. 그 머나먼 마지막 가는 저승길에는 전송이 필요하다. 데리러 오는 저승차사에게 가는 길 내내 잘 보살펴 데려가 달라고 부탁을 해야 한다. 그 일을 누가 할 것인가? 때문에 자식이 필요한 것이다.

"아버님!"

익점은 문지방을 넘기가 바쁘게 아버지 문숙선의 손을 잡았다. 아직 체온이 남아 있다. 이제 쇠약할 대로 쇠약해 뼈만 남은 앙상한 손가락이 파르르 떨고 있다. 두 눈에서 눈물이 주르르 흘러내리는 것이 보인다.

"그래. 보고 싶은 사람은 꼭 보고 눈을 감느니⋯⋯."

황약국의 말이다. 약국 어른은 수많은 죽음들을 보아왔다. 그는 자기 경험에 비추어볼 때 꼭 보고 싶은 사람이 있으면 그가 올 때까지 마지막 숨을 아껴둔다는 이야기를 한다. 어떤 사람의 경우는 죽었다가도 다시 깨어 일어나 그 임종을 지키게 한다는 것이었다. 그건 자식의 가슴에 한을 남겨주지 않기를 바라는 부모 마음이다.

"이제 편히 가시게나⋯⋯."

평소 아버지와 친분이 두터웠던 황약국의 말이다.

익점은 아버님의 두 눈에서 빛이 사라져가는 것을 느낄 수 있었다.

"아버님……."

그 가느다란 시선의 초점이 거두어지자 손바닥의 온기도 차츰 식어갔다.

황약국이 속광을 한다. 속광이란 입과 코에 솜을 대어 숨을 쉬는지 안 쉬는지를 마지막으로 확인해보는 것이다.

"고복하세요."

숨이 멎었음을 확인한 황약국이 초혼을 알린다. 사람이 죽으면 먼저 망인의 옷을 지붕 위에 올린 뒤 -복, -복을 외치며 그 죽음을 알린다. 그리고 수시를 한다. 시신이 더 굳기 전에 손발을 바로 펴 끈으로 대충 묶는 일이다. 그다음으로 염습을 해 입관을 하게 된다.

온 집안이 곡소리로 가득 찬다.

익점은 죽음이란 게 어떤 건지는 알고 있었지만 너무나 허망하다는 생각에 더욱 서럽게 운다. 도대체 삶과 죽음이란 무엇이란 말인가?

죽은 자는 말이 없다 했던가? 한 생을 다 살고 또 다른 생으로 이어지는 순간의 고요함으로 누워 있는 아버지를 마지막으로 보는 그의 심정은 찢어질 것만 같다. 이럴 줄 알았으면 좀 더 마음 편하게 잘해드릴 것을.

"이걸 쓰게나."

옷을 갈아입히고 염을 하려는데 정천익이 이제 막 베틀에서

끊어온 베를 내민다.

"사돈도 좋아할 걸세."

아들이 가지고 온 목화씨를 심어 그 실로 짠 베라니, 망자도 기뻐할 거라는 것이다. 지금까지 시신을 감싸던 베로는 명주나 갈포가 있었다. 갈포는 몇 년 지나면 썩어 없어져 다행이었지만 부자랍시고 명주를 쓰면 잘 썩지 않는다.

"목면이라 썩지 않는 폐단도 없을 테고."

목면은 땅에서 난 소재라 땅으로 돌아가는 데에는 별 지장이 없을 일이다.

시신은 썩어서 땅으로 돌아간다. 때문에 사람은 땅에서 태어나 땅으로 돌아간다는 말을 쓴다. 누구나 양지바른 곳에 잘 묻어 곱게 썩도록 해야 한다. 그래야만이 다음 생에 그 잘 썩은 옷을 다시 입고 나올 수 있기 때문이다. 그런데 썩지 않는 물건들이 몸에 걸쳐져 있으면 될 것인가? 그 또한 곱게 삭아 내리는 물건이어야 한다.

"그 참 보기 드문 물건일세."

염을 맡은 사람들이 말한다.

"호재야."

사람들은 익점이 부친의 염습을 위하여 일부러 이 베를 짠 줄로 생각하는 모양이다. 이를 위하여 벼슬자리도 그만두고 낙향해 부모의 주검을 미리 준비하고 있었으니 이 얼마나 효행이냐는 것이었다.

"나도 우리 어머니 장례에는 면포를 쓰고 싶은데."

"엑끼 이 사람아. 이런 베를 아무나 구할 수 있는 줄 아나?"

산 사람이나 따뜻하게 입고 덮으라고 목화재배에 열을 올렸더니 사람들은 죽은 자를 위한 장례용품으로 생각하는 것 같았다. 하기야 산 사람보다는 죽은 자가 먼저다. 산 자는 어떻게든 살 수가 있지만 죽은 자는 모진 생을 살고 난 다음 마지막 보상을 받는 자리가 장례식이다. 그렇다면 이건 그만큼 귀중품이라는 이야기가 될 것이다.

'승산이 있다. 바로 이거야.'

사람들이 귀중품으로 알고 찾는 물건이라면 보급도 그만큼 빨라질 것이다. 소비가 생산을 부추긴다. 생산은 돈을 낳고 돈은 생활을 편케 한다. 온 나라 백성들의 생활이 편하면 좋은 나라다. 그의 머릿속에는 온통 이 생각뿐이다.

공자는 '인명은 재천'이라 했다. 사람의 살고 죽음은 하늘이 정하는 일이다. 불가에서는 윤회를 설했다. 한번 태어난 생명이란 또 다른 그 무엇으로 환생한다는 것이다. 그 사람의 업보에 따라 그다음 생이 이어진다. 아버지 문숙선은 살아생전 공덕을 쌓은 분이시다. 남 못살게 한 일도 없고 해코지를 한 적도 없다. 고려장 할 만큼의 나이는 아니었지만 그래도 수를 누렸고 자식들도 잘 키웠다. 그러니 그 죽음을 슬퍼할 것만은 아니다.

"호상이야."

호상이니까 너무 슬퍼 말라는 위로의 말이다.

"그래도 이렇듯 너무 갑자기 가실 줄은……."

익점은 문상 온 사람들이 위로를 할 때마다 눈물이 앞을 가린다.

"자네 어른은 죽을 복을 타고난 걸세."

나이 들어 너무 오래 병석에 누워 있는 것도 고역이라는 이야기들이다. 이왕 죽을 바에는 적당히 고생하고 눈 감는 게 죽는 사람에게나 산 사람에게나 이롭다는 것이다.

익점은 장례식이 끝나기를 기다려 무덤 옆에 시묘를 할 차비를 시킨다. 그러면서 무덤가에 목화를 심으라 분부한다.

"아버님께서는 그 목화꽃을 본 일이 없느니라."

마을 사람들은 이 얼마나 지극한 효성이냐고 감복한다. 지금까지 무덤가에 꽃을 심는 일 같은 건 없었던 것이다.

시묘란 망자와 산자의 마지막 더부살이다. 망자는 이승에서 저승으로 가기 위해 마지막 청산해야 할 일들이 있을 것이고 산자는 이를 지켜야 한다. 아침저녁으로 공양도 해야 하고 묘 주변을 살피기도 해야 한다. 또한 살아생전에 잘못했던 것들을 고해도 하고 그 해원을 위한 곡도 해야 한다. 이렇게 삼 년을 머리 풀고 참회하는 자세로 홀로 무덤을 지킨다는 것은 그리 쉬운 일이 아니다. 때문에 대개의 사람들은 한 석 달 정도로 시묘를 마감한다.

"귀신이 뭘 알까."

"그래도 그렇지가 않지."

이를 지키는 사람들은 귀신을 섭섭하게 하면 꼭 그 재앙이 돌아온다고 믿어 산 사람 먹을 것은 없어도 귀신 줄 제삿밥은 차려야 한다 했다. 그렇지 않은 사람들은 귀신이 뭘 아냐며 사흘 아니면 석 달 만에 탈상을 하고 치운다. 그러나 익점은 자식 된 도리로 부모님의 삼년상은 지켜야 한다고 믿는다.

"아이고 아이고 아이고……."

어느 날 어떤 사람이 그를 찾아왔다며 금용이 묘막으로 데려왔다. 찾아온 사람은 방립을 깊숙이 눌러쓰고 장죽을 짚었다. 바짓가랑이에 감발까지 친 것이 한눈에 봐도 먼 길을 온 것 같은 행색이다. 익점이 잠시 머뭇거리고 있자 그가 먼저 방립을 벗는다.

"아니. 이게 뉘시오이까?"

익점은 뜻하지 않은 곳에서 삼봉을 만나 반가움을 감출 수 없다. 시묘살이하는 상주로서의 예의범절도 잊고 그의 손을 덥석 잡는다.

"내 일찍이 상문을 해야 하는데도 늦었습니다."

삼봉은 자기도 이제 막 시묘를 끝내고 탈상을 해 자유의 몸이 되었다고 한다.

"그러니까 그때 보제사에서 내려가신다고 했을 때 그 말이……."

"참말처럼 믿기지 않으셨다 이 말씀이시군요?"

"솔직히 말하자면 그랬었습니다."

"그럴 만도 했지요."

삼봉은 신돈이 보제사에 있었던 건 실로 우연스런 일이었다고 말하며 신돈에 관한 소식을 전한다.

"신돈이 오도도사심관이란 걸 맡았지요."

오도도사심관이란 이 새로운 벼슬은 전국 5도를 한 손에 쥐고 흔들 수 있는 판관 같은 자리라는 것이다. 신돈은 스스로 이런 자리를 만들어 나라를 쥐고 흔들 속셈을 꾸몄다. 또 실제로 암행을 시켜 지방 토호들에 대한 1차 조사를 실시했다는 것이다.

"그러다가 결국 왕의 눈 밖에 났지요."

"어쩌다 그런 일이?"

"그 자가 지금 어디에 있는지는 아무도 몰라요."

신돈은 또 신출귀몰하게 그 자취를 감추어버렸다는 이야기다.

"고려 불교가 썩었어요. 그 요승이 들어서요."

신돈은 절의 중들을 먼저 제 손아귀에 넣었다. 불도를 통한 일종의 역성혁명을 일으키려 했다는 것이다. 이즈음 늘어나는 게 절이었는데 그게 다 그 연유라 한다. 이제 알 만한 사람은 다 아는 사실이다. 그러니 제 손으로 요승 신돈을 잡아 처단할 것이란다.

"내 이 중놈을 꼭 잡고 말겠어요."

익점은 혈기왕성한 삼봉을 대하니 따라서 충정이 끓어오르는 듯하다. 그동안 너무 세상을 등지고 살았었다는 생각이다.

"그래, 다시 올라갈 생각이신가요?"

익점은 삼봉이 다시 관직에 복귀할 것인가를 묻는다. 누구나 부모상을 당하면 삼년시묘를 하는 것으로 돼 있다. 일종의 안식년제가 되는 셈이다. 그렇지만 정치에 환멸을 느낀 사람들은 그걸 빙자하여 고향에 눌러앉고 마는 경우가 있다.

익점은 지금 삼봉에게 그 점을 묻고 있는 것이다. 이 말은 어쩌면 자기 자신에게 하는 질문과도 같은 것이었다. 시묘살이를 끝내고 나서 다시 관직에 복귀할 것인가 말 것인가 하는 답을 삼봉이 가지고 있지 않나 하는 생각에서였다. 비록 마음속으로는 다시 벼슬살이를 하지 않겠다고 벼르고 내려왔지만 어쩌면 그 결정이 잘못되었을 수도 있다는 생각에서다. 삼봉 정도의 신동이라면 거기 걸맞은 해답도 가지고 있지 않을까?

"나도 처음엔 낙향해 살 작정이었습니다."

삼봉은 벌써 익점의 속맘을 읽었다.

"그렇지만 한편으로 또 생각해보니 피할 운명이 아니더군요."

배운 자란 모름지기 배운 값을 해야 한다. 머릿속으로 알기만 하고 현실을 회피하면 그게 어찌 지성인이라 하겠는가? 지성인은 아는 바를 실행에 옮기는 수고도 마다하지 않아야 한다는 것이다. 그래서 지식인과 지성인은 다르다.

삼봉은 시묘살이에서 문득 깨우친 바가 있다 한다.

"하루는 비가 부슬부슬 내리는데 늑대들이 마구 울부짖으며 시막으로 들이닥치는 거예요."

그는 엉겁결에 짚고 있던 대작대기를 들어 이놈들을 마구 때려 쫓는데 그중 하나가 해골의 탈을 뒤집어쓰고 핼금핼금 뒤돌아보며 도망을 가는데 그 탈바가지가 영락없는 자기 모습이더라는 것이다.

"그게 바로 나였어요."

늑대는 없었는데 늑대가 있는 것으로 보이는 착시현상…….
지금까지 관료생활에 환멸을 느꼈던 것은 내 속에 관료가 들어앉아 있었기 때문이라는 것이다. 썩어 문드러진 것을 본 사람은 썩어 문드러진 것을 꿈꾸고 향내 나는 향내를 맡은 사람은 향기를 꿈꾼다는 것이다.

"즉 다시 말하면 나는 내가 아는 것만 보게 된다는 말씀입니다."

그렇기 때문에 불가에서 하는 수행은 소용이 없다. 수행만 하고 그 기운만 돋우어서 무얼 할 것인가? 수행과 양기로써 북돋아진 수양을 바로 깨닫고 써야 하는 게 올바른 이치라는 것이다.

"삼봉께서는 지금 이 나라가 수양한 것을 바로 쓰는 이가 없어 이렇다 하심입니까?"

"바로 보셨습니다. 그러니 저런 요승이나 횡행하는 세상이 된 것이지요."

그러니 딴생각 말고 시묘살이 잘 끝내고 다시 입궐하라는 삼봉이다. 자기도 한 바퀴 바람을 쐬며 민심을 살핀 다음 상경할 거란다. 어떻게 익점이 딴 맘을 품고 있었던 것을 눈치챘을까?

그는 그때 보제사에서 벌써 그 맘을 읽었다고 한다.

"사실은 나도 그때 아버님이 위독하다는 기별만 받았을 때였으니까."

똑같은 사람이 있나 보다고 생각했단다.

"그렇지만 문공은 나보다 효자임에는 틀림없어요."

"……?"

"어쨌건 아버님을 삼 년이나 더 살려두셨잖습니까?"

그는 아버님의 운명을 동구 밖에서 보았다 한다. 허겁지겁 들어가는데 벌써 지붕 위에 옷가지가 올라가고, -복 -복 하는 소리가 들리더라는 것이다.

"그만해도 해볼 도리는 다해본 것 아닙니까? 저는 약 한 첩도 내 손으로 못 지어 올려봤으니까요."

그 한이 남는다는 삼봉이다.

"내 정신 좀 봐요. 내 남의 시막에 와서 이러는 게 아닌데."

삼봉은 다시 입궐해서 만나자며 작별을 고한다. 그때가 언제가 될지는 몰라도 그날이 오면 나라를 위해 큰일을 해보자는 그였다. 그러면서 그는 무덤가에 피어 있는 목화꽃을 보고 이게 뭐냐고 묻는다.

익점은 그간의 사정을 간단하게 설명했다.

"그런 일이 있었군요."

그는 다시 자리에 앉는다.

"문공이야 말로 큰일을 했소이다."

바로 이런 일이 나라를 위한 일이라는 삼봉이다. 올라가 복직이 되면 이 일부터 널리 알려 보급하는 데 힘쓰겠다고 다짐한다.

"그런데 문공. 이렇듯 획기적인 일을 했는데도 이걸 심을 땅이 없어 무덤 주변에다가 이렇게 심어놨단 말이오?"

삼봉은 익점이 목화를 심을 땅이 없어 여기다 이렇게 심어놓은 줄 아는 모양이다. 삼봉의 집안 역시 넉넉지 않은 향리의 보통 집안이다. 부친 정운경만이 유일하게 개경에 올라가 관료생활을 좀 했지만 청백리였다. 그래도 그 덕분에 삼봉은 개경 맛을 보았고 이곡선생 문하에서 공부를 했다.

그렇지만 그 신분 때문에 어울리는 친구들이 별반 없었다. 삼봉의 할아버지 정운종은 그런대로 향리에서 알아주는 집안이었지만 그 할머니의 신분이 변변치 못했다. 그 할머니가 우씨 집안의 우연이라는 사람의 딸인데, 우연의 출생성분이 신통찮다. 따져 말하자면 승려 김진과 여자 노비 사이에서 출생한 사람이 우연인데 그가 바로 삼봉의 할머니라는 것이다.

그러잖아도 따지기를 좋아하는 호족의 자식들 사이에서는 이보다 더한 흥허물이 없었다. 전조 신라에서는 골품제도가 성했을 만큼 그 핏줄을 중시했다. 때문에 삼봉은 그 천재성에도 불구하고 늘 혼자였던 것이다. 포은은 그러한 그를 두고 '앞으로 일 저지를 놈'이라고 말했었다. 그날 보제사에서 두 사람이 마주쳤을 때도 그러지 않았던가?

"초록은 동색이라더니만."

그 말은 신돈의 출신 신분을 두고 한 말이었다. 신돈 역시 그 신분이 반듯하지 못했다. 옥천사 사비의 아들이라잖은가?

"두 놈 다 중놈의 새끼들이 돼 갖고서."

무슨 모의를 하고 다니는지 모르겠다는 포은의 악담이었다.

그러한 그가 느닷없이 천하를 주유하고 다니는 것은 무슨 까닭일까? 그리고 여기까지 찾아온 건 또 무슨 연유인가? 한때 그렇게 죽이 잘 맞는 듯하던 신돈을 요승이니 어쩌니 하면서 찾아나선 이유는 또 뭘까?

익점은 뭔지는 잘 모르겠지만 무슨 새로운 변화가 일어나고 있음을 직감한다.

도대체 나라에 무슨 변고가 일어나고 있는가? 갑갑하다. 이렇게 은둔생활을 한다고 끝날 일이 아닌 것 같다는 생각이다. 배운 자는 모름지기 그 배운 바를 행해야 한다. 배우고도 행하지 않으면 무슨 소용인가?

그는 목화재배 따위는 장인어른에게만 맡겨둬도 다 잘할 거라는 생각을 다시 해본다. 배운 학문을 농사짓는 데 쏟는다는 것은 옳지 못하다. 삼봉 같은 이도 저렇게 다시 발 벗고 나서질 않는가?

익점은 다시 시골생활을 접고 벼슬길에 오를 생각이 일어나는 자신을 보고 참 알 수 없는 것이 사람이 마음이라고 혼자 웃는다.

10

까마귀 우는 곳에 백로야

시묘살이가 끝나자 익점은 성균관 대사성에 보임되었다.

그동안 고려 궁전은 한껏 정비돼 있었다. 황도답게 바깥성인 나성은 견고한 석성으로 둘러치고 안으로 또 네 겹의 성을 둘러 쌓았다. 남대문을 들어서면 25만 평이나 되는 드넓은 부지에 근정전인 회경전을 비롯하여 귀빈의 침실인 만명정과 장화정이 늘어섰다. 모두 고래등걸 같은 기와집들로 이전에 느끼지 못했던 웅장함이 있다.

그런데 그동안 못 보던 건물이 하나 눈에 띄었다.

"저건 무슨 집인가?"

익점은 함께 걷던 성균관 박사에게 묻는다. 함께 걷던 사람은 대사성이 뭘 보고 묻는지 알 수 없어 손을 이마에 얹고 살피는 듯하다가 하는 수 없이 이렇게 대답한다.

"영전입니다요."

"영전이라니? 무슨 영전이 궁 안에 있는가?"

그는 또 마지못해 이렇게 궁색한 답변을 한다.

"왕비마마의 영전이랍니다."

"왕비마마라면?"

"……."

그는 상관이 왜 이렇게 집요하게 묻는지 그 속내를 알 수가 없어 대답을 머뭇거린다. 시묘를 끝내고 이제 상경했으니 궁궐 내부의 변화를 몰라서 묻기야 하겠지만 그 질문의 요지가 뭔지 파악이 되질 않는다.

공민왕은 사랑하는 왕비 노국대상공주가 죽자 식음을 전폐하였다. 그리고는 차츰 실성한 사람처럼 되어갔다. '난산이라 하였더냐?' 정말로 왕비의 죽음이 아이를 낳다가 그리 되었는지 누군가에 의해 죽임을 당했는지 의심하는 말만 되풀이하였다. 드디어는 모든 정치를 신돈에게 맡기고 불사에 전념하였다.

불사라는 게 따로 있는 게 아니다. 열심히 불경을 외우는 것도 아니고 마음 수양에 힘쓰는 것도 아니었다. 죽은 노국공주에 대한 집념이었다.

"이것 봐라. 닮았느냐?"

왕은 손수 노국공주의 진영을 그리느라 침식을 잊었다. 마침내 그림이 완성되자 벽에 걸어놓고 울고 웃고 하다가 그 그림을 걸 영전을 지으라고 명하였다. 그렇게 지어진 게 영전이다.

박사가 자기 상관의 물음에 답을 머뭇거린 것은 그간의 왕에 대한 행동이 일반상식을 벗어나는 짓들이었고 그걸 어떻게 전하느냐에 따라 질문한 사람의 반응이 달라질 수도 있을 것이기 때문이었다. 말을 잘못했다간 왕을 비방하는 투로 들릴 수도 있을 것이고 상관이 무슨 꼬투리 잡을지도 모를 일이기 때문이었다.

성균관이 어떤 곳인가? 최고 교육기관이 아니던가? 그런 기관에 몸담고 있는 박사 정도라면 말이 '아' 다르고 '어' 다르다는 걸 알 인물이다. 그렇다면 성균관 대사성이란 또 어떤 자리인가? 그 최고 책임자의 자리다. 그 책임자가 자기 수하의 심중을 모르겠는가?

박사는 짓다 만 영전에 관한 이야기를 한다.

"왕비마마가 돌아가시자……."

마음 둘 데 없는 왕은 신돈을 통해 위안을 얻었다. 신돈은 심중술로 왕을 위로하였다. 왕은 차츰 이성의 눈을 잃어 술과 여자를 탐하게 되었다. 그럴수록 첫사랑과도 같았던 공주에 대한 그리움을 못 잊어 그 영전을 짓는데 국고를 털어 바쳤다. 당연히 반대 상소가 올라와 공사가 지연되고 있는 중이었다.

익점은 박사의 머뭇거림을 보고는 한 다리 건너뛰어 또 이렇게 묻는다.

"자제위란 어떻게 생긴 건가?"

공민왕은 왕비를 잃은 슬픔을 달래기 위하여 술과 여자를 가까이 하였다. 이것도 모자라 이젠 어린 남아들을 궁중으로 끌어들여 시중을 들게 하였다. 아울러 온갖 기행과 가학행위를 일삼았다. 심지어는 이들을 후궁과 놀아나게 하고는 그걸 엿보며 즐기기까지 하는 관음증까지 보였다. 이들 미동들을 전담한 부서를 자제위라 했을 정도로 그 규모가 커졌다.

궁중에는 궁중생활을 돕기 위해 수많은 궁녀들이 있다. 마찬가지로 환관들도 있다. 환관은 거세된 남자로서 궁중 일을 돕거나 유력자들의 사역을 돕는다. 이들은 남성을 거세당했기 때문에 남성으로서의 구실을 못한다. 때문에 권력자들이 자기 여성들을 지키는 수단으로 이러한 자들을 고용해 부려먹었다.

그 시초는 중국의 궁형에서 비롯되었다 한다. 고대 중국에서는 죄인에게 내리던 5대 형벌이 있었다. 그 첫째는 사형이다. 둘째 형벌이 궁형으로 성을 제거하는 것이다. 다시는 그 씨앗을 퍼뜨리지 못하게 남성은 남성의 그것을, 여성은 여성의 그것을 제거해버리는 형벌이었다. 셋째가 월형으로 뒤꿈치를 베어내 걷지 못하게 하는 벌이다. 넷째는 의형으로 코를 베어내 창피해서 바깥출입을 못하게 하는 것이다. 다섯째는 경형으로 얼굴이나 팔뚝 살을 도려내어 거기 죄목을 써넣는 형벌이다.

환관제도는 이 궁형을 받은 자들을 후궁에 데려다 일을 시킨 데에서부터 일종의 벼슬아치로 취급받게 된 것이다. 그 부르는 이름만도 시인, 엄관, 정신, 내수, 중관, 혼시, 환시, 환자, 황문 등으로 다양하다.

환관들은 궁중 깊숙이 자리 잡고 있어 그 모습이 드러나지 않고 있지만 실제로 권력을 잡은 여자와 가장 가까이 지내고 있으므로 그 실세가 막강하다. 당나라 고력사라는 환관은 황제의 신임을 받아 모든 정사가 그의 손을 통하지 않으면 안 될 세도가가 되기도 했다. 결국 나라를 망해먹게 만들었지만.

지금 공민왕은 고력사 같은 존재인 신돈에게 정사를 내맡겨놓았다가 그에게 나라를 들어 바칠 뻔한 위기를 맞았다. 왕은 그간 남몰래 드나들던 신돈의 시녀 반야에게서 아들을 얻었는데 신돈을 처형한 후 궁중에 불러들여 이름도 없던 아이를 강령부원대군에 봉했다.

그러나 왕의 괴팍한 짓은 그 도를 지나쳐 자제위라는 걸 설치해놓고 거기 뽑혀 올라오는 미동들과 어울려 황음무도함을 저질렀다. 이들 중 홍륜, 한안, 권진, 홍관, 노선 같은 아이들은 공공연히 왕과 가까운 사실을 흘리고 다니며 매관매직을 했다. 그뿐인가? 미동 중 하나인 홍륜이란 자는 왕의 여자인 익비를 임신시켰다. 이 있을 수 없는 소문은 이미 궐내에 쫙 퍼져 있는 공공연한 비밀이 되었다.

익점은 수년간 궐을 비워 그간의 사정에 어둡다며 솔직한 이야기를 해달라고 한다.

"나는 내부 사정에 너무 어두워."

그러니 하루속히 현상을 파악하고 직무에 임할 수 있도록 도와달라는 것이었다.

그 말에 마음을 놓은 박사는 이렇게 말문을 열었다.

"궐내 사정은 너무나 복잡합니다."

황성은 풍기문란 그 자체고 왕 자신이 그 회오리바람의 눈이란 것이었다.

"이건 차마 말씀드리기 어려운 일입니다만."

"이 사람아, 자네와 나 사이에 그런 벽이 있으면 어찌 일을 하겠는가?"

박사는 아직 공민왕은 홍륜과 익비의 사이를 모른다며 그 일이 들통 나는 날이면 무슨 날벼락이 떨어질지 모른다는 이야길 한다. 지금 고려 왕실은 광평부원군 이인임이 당할 자 없는 실세라는 말을 덧붙인다. 그는 자기 상관이 지금 궐내에서 실세를 잡고 있는 자가 누구인가를 묻고 있는 것으로 착각했던 모양이다. 이인임은 홍건적이 쳐들어왔을 때 1등공신이 되었으며 동령부를 정벌하여 광평대원군에 책봉되었고 지금은 수시중이다.

고려 시중은 최고 정무기관으로 중서문하성의 종1품 벼슬이다. 수상의 자리인 것이다. 이인임의 주변에는 안사기, 경복흥 지윤 등 고관들이 포진해 있다. 그러니 이들에 대한 이야기를 함부로 한다는 것은 목숨이 두 개라도 모자랄 일이다. 그런데도 박사는 묻지도 않은 이야기의 실마리를 제 스스로 풀어나간다.

"그런데 이상한 소문이 돌고 있습니다."

"소문이라니?"

"왕실의 비밀을 지키기 위해서 저들을 몰 쓸어버린다는 것입니다.”

“쓸어버리다니? 누구를 쓸어버린다는 말인가?”

“누구긴 누구겠습니까?”

왕비와 놀아난 홍륜을 두고 하는 말이란다.

“그런 놈이야 당해도 싸지.”

“그렇죠? 그런데.”

일은 그리 간단하지 않다는 것이었다. 나쁜 일을 저지른 장본인이야 벌을 받아 마땅하지만 그걸 소문 낸 자들의 입도 봉해버리겠다는 이야기다. 그걸 밀고한 자로서 최만생이란 자를 지목하고 있는데 이제 저들은 죽은 목숨이란 거다.

“무슨 이야기가 그리 복잡한가?”

“말하자면 이런 거지요. 누군가가 있어 홍륜과 최만생의 입을 영원히 봉하려 한다면 이들이 살아 있어선 안 될 또 다른 존재가 있다는 거 아니겠습니까?”

“그게 누군데?”

“그걸 모르는 게 문제라는 겁니다.”

그건 왕의 측근일 수밖에 없다. 왕의 안위를 위해서는 있을 수 있는 처사다. 이보다 더한 일도 얼마든지 있을 수 있다. 그런데 이미 공공연한 사실을 두고 문제 삼아 저들을 제거하려 한다는 소문이라면 거긴 반드시 또 다른 복선이 있을 것이다.

익점은 또 다른 문제가 숨겨져 있다는 사실을 간파한다. 이를 뒤집어 생각해보자. 홍륜이나 최만생 같은 자들을 궁지로 몰아

넣는다. 그러면 저들의 행동이 어떠할 것인가? 쥐도 급하면 고양이를 문다는 식으로 다급한 마음에 쫓는 자를 되덮어 칠 것이다. 그 쫓는 자가 누구인가? 왕이 아닌가?

"그렇게 덫을 놓는 거야."

박사는 혼자 중얼거리는 상관의 말을 미처 알아듣지 못한다. 들었다 할지라도 거기까지 깊이 있게 생각하지는 못했을 것이다. 그렇지 않고는 당장 저들을 잡아다가 물고를 낼 일이지 소문만 흘리고 다닐 필요가 있을 것인가? 일개 성균관 박사 정도가 이 소문을 알 정도면 이미 모르는 사람이 없을 일이 아닌가.

"그러면 누가 덕을 볼까?"

만약 익점의 추측대로 누군가가 있어 저들을 조종하고 있다면 그 화살은 왕의 가슴으로 되놀아갈 수밖에 없다. 왕이 죽고 나면? 그다음은 누구인가? 왕은 마땅히 대를 이을 후사가 없다. 그래서 신돈의 시녀에게서 낳은 강령부원대군을 궁중으로 데려다 놓았다. 그의 아명은 모니노로서 명목상으로는 궁인 황씨의 소생으로 돼 있다.

"옳거니."

황씨의 소생으로 적을 올리게 한 것은 명덕태후의 명이라 하였다. 명덕태후는 남양 홍씨로 공민왕의 어머니다. 명덕태후가 이 일에 개입되었다면 혹시 그 친정인 남양 홍씨들이? 아니면 정안공이? 충숙왕 재위 당시 원나라 복구장공주를 계비로 맞아들였을 때 공주는 태후를 몹시 투기하였고 이 때문에 태후는 정안

공의 집에 가 머물렀었다.

"아니야. 아니야……."

아무리 생각을 대 봐도 해답이 나오지 않는다. 도대체가 명덕 태후께서 자신의 아들인 공민왕을 해치려 할 명분이 서지 않기 때문이다. 그런데도 한 가닥, 가닥이 잡히는 게 있다. 그 배후가 누구이든지 간에 왕을 해할 음모를 꾸미고 있다는 사실이다. 후 궁과 놀아난 일개 자제위 미동 따위를 잡기 위해 이렇듯 그물코 를 조여갈 필요는 없을 것이기 때문이다.

"궁지에 몰리면 쥐도 고양이를 문다."

그 이치를 이용해 어부지리를 얻는다. 그 그물코를 쥐고 있는 자들이 있다.

익점은 무언가 모를 모종의 음모가 진행되어가고 있다는 느낌 을 받자 온몸이 섬뜩해지는 전율을 느낀다. 유사 이래 지금까지 끊임없이 자행되어오는 권력과 자리 다툼이 여기 이 황실에서 또 다시 일어날 징조인 것이다.

왜 또 이런 아비규환 속으로 돌아왔는가?

그는 차라리 목화밭으로 되돌아가고 싶은 심정이다. 다시 이 정치판에 들어온 것을 후회하기 시작한다.

이날 밤 익점은 착잡한 심사를 달래기 위해 오랜만에 시 한 수 를 적어 내려간다.

한 송이 목화꽃을 바라

마른땅 갈아엎고 비 기다리고
송이송이 맺힌 그 꽃 꺾어
임께 바치려는데
시절이 하 수상해 꽃송이도
고개 숙여 필 동 말 동 하여라

익점은 며칠을 곰곰이 생각하다가 이 시를 장인 정천익에게 부쳤다. 그러면서 근간의 문안을 여쭌다. 세상에는 믿을 사람이 하나도 없다.

정치란 도대체 무엇인가? 백성들이 잘 먹고 잘 입도록 하는 것이다. 유유자적할 때가 아니다. 음풍농월이나 할 때가 아닌 것이다. 나라가 누란의 위기에 처해 있는데 꽃 타령이나 하고 있을 때인가?

다음 날 입궐 하자마자 익점은 포은을 만났다.

"그러잖아도 찾고 있던 중이었네."

포은은 아무래도 심상찮은 일들이 꾸며지고 있다는 이야길 한다. 그렇다면 그 진원지도 대략 밝혀졌다는 뜻이겠다. 지금의 조정은 다시 친원파와 친명파로 갈라지고 있다. 익점이 시골에 있는 동안 명나라가 일어난 터라, 명나라와 손을 잡아야 산다는 편이 더욱 강건해진 것이다. 새로 생겼다기보다는 반원파는 저절로 친명파가 되는 것이고 친명파가 아니면 친원파가 되는 세상이 되어버렸다.

포은이 이 일로 명나라에 사신으로 다녀왔다. 두 나라가 더욱 돈독한 유대 관계를 가지고 우호국이 되자는 친선사절단 같은 것이었다. 때문에 포은이 중임을 맡았던 성균관사성 자리를 익점에게 물려준 것이었는데, 그 사이 또 무슨 일들이 일어난 모양이다.

　그런데 한 가지 이해할 수 없는 일은 아직까지 원나라에 끈을 대고 있는 세력이 잔재한다는 사실이다. 왕도 일찌감치 원을 배척하고 나섰고 원나라 황실을 업고 왕좌를 뒤엎어버리려던 세력들도 일망타진 되었다.

　"그렇다면 그들이 누구인가?"

　"나도 믿기 어려운 일이지만……."

　이전에 원나라와 치열한 전쟁을 치렀던 자들이란 것이다.

　"이인임과 그의 측근들을 두고 하는 말인가?"

　이인임은 동령부를 정벌하고 출세가도를 달려온 사람이다. 그러한 그가 어찌 원나라를 다시 섬기겠다는 것인가? 포은의 말은 달랐다. 원나라를 다시 섬기겠다기보다는 그 반대파들을 숙청하려 하는 것 같다는 이야기다. 그 반대파라면 누구인가? 바로 외직에 나가 있는 자들이다. 외직이라면 군수권을 지고 황궁 밖에서 일하는 사람들이다. 저들은 원나라와 치열하게 싸웠던 자들이다. 그러니 다시는 원나라를 쳐다보기도 싫은 무관들이다. 그렇다면 최영과 이성계 등을 말함이 아닌가. 내근을 하는 자들은 외근을 하는 자들보다 편한 자리에 앉아 있다. 그러면서 저들보다는 자기네들이 더 우월하다는 생각을 한다는 것이다.

"일단 정리를 한번 해봅시다."

파가 나누어진 것은 겉으로야 어떻게 되었든 간에 내직을 하는 이인임 일파와 외직에 나앉은 최영 일파를 뜻한다. 그 위에 왕이 있다. 그런데 이 군주가 유명무실하다. 그렇다면 그 존재를 갈아 치워야 한다. 지금까지 숱하게 일어났던 사건들이다.

"그 사건이 다시 일어난다고 봐야 하나?"

"그렇다고 봐야겠지?"

"막을 도리는 없을까?"

"무조건 막는 것만이 능사인가도 생각해봐야겠지."

포은의 이 말은 또 무슨 뜻인가? 왕이 이미 군주로서의 자격을 상실했다는 이야기 아닌가? 그동안 썩을 대로 썩어빠진 고려 왕실에 대한 내막을 모르는 두 사람이 아니다.

"그렇다고."

그다음 말을 차마 곧바로 잇지 못하는 익점이다. 일이 일어나는 걸 보고만 있자는 겁니까? 또다시 왕이 죽는 것을요? 혀끝에 날름거렸지만 차마 그다음 말은 입 밖에 낼 수가 없다.

"만나자마자 또 골치 아픈 이야기부터 나오니 다시 낙향할까 봐 겁나네."

포은이 웃으며 화제를 바꾸었다.

"삼봉한테 자네 시골 이야기 들었어. 무덤가에까지 목화를 심어 연구를 하고 있었다면서?"

110

"연구를?"

"그게 연구지 뭔가?"

포은은 목화에 대해서 묻는다.

"그래, 농사는 지을 만하던가?"

"농사일을 해봤어야지."

생전 처음으로 해본 농사일이라 힘들긴 했지만 목화야말로 장려되어야 할 작물임을 피력하는 익점은 어느새 목에 힘이 들어가 있다.

"백성들이 따뜻하게 살 길이야."

"나는 아직 보지를 못해서."

"그러잖아도 보여드리려고 목화 몇 송이를 가지고 온 게 있지."

익점은 소매 끝에서 목화 한 송이를 끄집어내 보인다.

"한번 만져봐. 얼마나 따뜻하고 부드러운지. 그리고 이 솜으로 실을 뽑아 이불을 해 덮고 또 옷을 해 입는다고 생각해봐."

"그러잖아도 〈운남 풍토기〉에서 그 내용은 읽어봤어."

"그 이상이라니까."

"삼봉의 말로는 이게 그리 까다로운 작물이라 하던데?"

"몇 번의 실패를 거듭했었지."

익점은 그간의 실패와 성공담을 소상히 이야기한다. 그러면서 덧붙인다. 이걸 온 나라 온 백성들에게 보급해야 한다고, 머잖아 의복에 혁명이 일어날 거라고도 한다. 온 나라가 다 입고 남으면 그때 가서는 무역을 해도 된다.

"나도 그 생각을 하고 있지만……."

직조는 신라시대부터 있어왔다. 조하방이라는 관영 직조소가 있을 정도였고 이를 장려하기 위하여 해마다 7월 15일부터 8월 한가위까지 한 달 동안 누가 베를 많이 짰는가, 시합을 벌이기도 하였다. 이는 길쌈을 장려하기 위한 국가적 시책이었다.

고려조에 내려와서는 가내공업이 더 성해져 관영기관인 잡직서에서 생산되는 양보다 더 많았다. 또한 염색을 맡은 도염서가 있을 정도로 비단생산이 늘었다. 뿐만 아니라 각 사찰에서도 직조소를 두어 길쌈을 하게 하였다. 사찰 노비들인 이비들의 길쌈 솜씨는 더욱 섬세하고 그 품질이 좋아 백 모시는 물론 꽃무늬까지 수를 놓았다. 이러한 화문저포와 고려직문저포는 당당한 수출품목으로 상품전시회가 열릴 정도다.

그렇지만 이러한 것들은 모시와 비단이다. 그리고 일반서민들이 입는 옷은 삼베나 마포 정도다. 이 판국에 면포가 들어왔다는 것은 놀라운 사실이 아닐 수 없다.

"그래, 이걸로 어떻게 베를 짜는 건가?"

익점은 솜뭉치를 들고 이게 어떻게 실이 되고 베가 되는지 궁금해하는 포은에게 간단명료하게 설명한다.

"먼저 솜에서 씨를 제거합니다. 씨를 빼내는 씨아가 있습니다. 씨를 뺀 목화로 솜을 타지요. 말판 위에 펴놓고 고치말이를 합니다. 그다음 물레로 실을 잣아 올리는데 이때는 손재주가 있어야 합니다. 손끝의 힘에 따라 실이 가늘어졌다가 굵어졌다가 하기 때문에 일정한 힘을 유지해야 하지요. 그다음은 길쌈하는 과정과 같아서 무명날기, 베매기, 풀 먹이기를 거쳐 베틀에 올려 베를 짜는 것입니다."

그런데 문제는 일일이 사람 손을 거쳐야 하기 때문에 대량생산이 어렵다는 것이다. 따라서 나라 차원에서 이 일을 추진하지 않으면 안 된다는 이야기다.

"어떤가?"

"벌써 부자가 된 기분인데."

"그렇지? 그러기 위해선 많은 농지가 필요해. 일꾼들도 필요하고."

"그 문제라면 교정국을 더 늘리면 될 일."

사원의 승니들에 의해 베를 짜던 일을 말함이다. 이에는 사영공장이 있고 관영공장이 있다. 그렇지만 지금은 신돈이 저들을 다 풀어 방면해버렸기 때문에 일손이 없어져버린 상태다.

포은은 그들을 다시 불러들여 일을 시키면 되지 않겠느냔 이야길 하는 것이다. 아니면 잡직서나 도염서의 규모를 더 늘려 잡으면 된다는 것이다. 일꾼들의 문제는 이로써 해결된다 치자. 그렇지만 농사지을 땅은 어디서 구하는가?

농지는 한정돼 있다. 농사를 지어 입에 풀칠하기도 바쁘다. 그나마 아껴둔 양곡은 전쟁이 다 앗아갔다. 나라에서 세금을 너무 많이 거둬 먹을 것도 남아 있지 않은 형편인데 거기다가 목화를 심으라면 누가 말을 들을 것인가?

"입이 급할까, 옷이 더 급할까?"

포은은 먹는 일이 시급한 이때에 어떻게 목화를 경작할 땅을 비워둘 수 있겠느냔 실질적인 질문을 한다. 땅이라고 생긴 땅은 절이 다 갖고 있고, 농토라는 농토는 몇몇 공신들이 다 차지하고 사욕을 채울 뿐, 내놓지 않고 있다.

"그건 나도 생각해둔 바가 있다네."

익점은 운남땅에서 본 고산족들의 경작지에 대해서 설명을 한다. 저들은 가파른 산꼭대기까지 일구어 씨를 뿌렸다. 그렇게 본다면 이 땅은 어디나 일구기만 하면 농토가 될 수 있다. 게다가 밭을 갈 소가 있고 힘센 농군들이 있다. 농군들에게 사역을 면제해주고 목화재배를 시키면 된다는 발상이다.

"밭을 일굴 일꾼들에게는 특별히 사역을 면제해주는 거야."

"그걸 국가시책으로 삼자는 이야긴 〈운남 풍토기〉에서 벌써 피력하지 않았던가?"

익점은 포은이 그저 안부 삼아 목화 이야길 물은 것이 아니란 걸 알았다. 이미 이 일을 구체화시켜 국책사업에 반영할 모양이다. 포은은 익점이 낙향해 있는 동안 태상소경보문각 응교 겸 성균관 직강을 거쳐 성균관사성에 올랐다가 명나라에 사신으로 갔다 오기도 했다. 그러니만큼 나라 안팎의 사정을 골고루 아는 폭넓은 안목을 가졌다.

"포목이야말로 인삼에 버금가는 효자품목이라 하지 않았나?"

그러니 더 구체적인 농사법을 이야기해보자는 것이다.

익점은 천군만마를 얻은 느낌이다.

"지금 그 일은 장인어른께서 하고 계신다네. 작물 재배에는 확신을 얻었고 실을 뽑고 베를 짜는 일은 일손만 충분하면 그런대로 해나갈 수 있고."

농토와 일손만 충분히 구하면 된다는 것이다.

포은은 나라를 위한 길은 말로만 하는 것이 아니라며 어느 게 백성들이 편안하고 배 불리 먹고 따뜻이 입을 수 있는 길인지를 찾아 그 길을 열어주는 게 급선무라 한다. 그 일을 찾아 행하는 것이야말로 국록을 먹고 사는 사람이 할 일이란 것이었다. 그런데 왜 나라가 이 모양 이 꼴로 되어가는지 모르겠다고 한다.

이야기가 다시 정치판으로 돌아왔다.

"반드시 무슨 일이 일어나고 있음이 분명해."

이럴 때일수록 처신을 잘해야 한다. 출세를 위한 처신이 아니라 품위를 잃지 않는 처신이 필요한 것이다.

"어정쩡한 회색이 되어 숨어 있다가 나중에 나타나 이긴 자의 편에 선다는 것은 천하에 비겁한 자들이나 하는 짓이지."

"이를 말인가?"

"그렇지만 일신은 한 군주를 위해 목숨이라도 바치겠다 했다면서?"

"하늘의 해가 둘이 없듯 신하에겐 임군이 둘 있을 수 없다 했지."

"그게 그 말 아닌가?"

"그 뜻이 좀 다르지 않을까?"

"병든 나무는 베어야 새싹이 돋는 법 아니겠는가?"

"새싹이라? 너무 오랜 세월이 걸리지 않을까?"

"그렇다고 썩은 나무가 다시 열매 맺을 일은 없지."

놔두고 보자는 이야기인가? 이들은 마치 선문답을 하듯 서로의 뜻을 주고받다가 다시 말머리를 돌려 목화재배로 돌아왔다.

"목화는 추위를 많이 타."

그러니 북쪽의 추운 지역에는 잘 안 될 거라는 말이다. 익점은 그 동안 장인 정천익이 경상·전라 지방은 물론이고 양광도 일대까지 그 재배 면적을 넓혀 시험을 해본 결과를 이야기한다.

"한강 이북 지역은 아예 안 되고, 금강 이남 지역이라야 적지라는 판단을 얻었다네. 특별히 잘되는 곳은 남녘에 있는 도서지방들인데 삼별초가 싸우던 진도에서는 그 수확이 월등했다는 보고야."

"벌써 그런 시험재배를 해봤단 말인가?"

포은은 농사일을 주관해 맡아하던 전농시승이란 벼슬을 하던 시절 이야기를 하며,

"내 그때 그 일을 알았었더라면 국가적 지원을 아끼지 않았을 텐데……."

한다. 익점은 장인 정천익이 배양촌 판서라는 이야길 한다.

"그랬었지, 참 그랬었어."

116

포은은 이렇듯 백성들에게 실질적 도움이 되는 일은 즉각 처리해야 한다면서, 산을 일구어 개간을 할 것과 하천부지를 이용하여 목화재배 면적을 더욱 넓힐 것을 구상한다. 산은 얼마든지 있다. 농지가 아니더라도 보다 많은 땅을 개간을 해 목화를 심을 수 있다. 강변에 널려 있는 게 하천부지이니까 그런 곳에는 땅이 비옥하여 거름도 하지 않아도 되니 일단 땅 문제도 해결이 된다.

"좋아요, 금명간 좋은 결과를 들려줄게."

그러나 이 일은 금세 반대에 부딪치고 만다.

"그게 무슨 쓸데없는 소리오?"

"목화가 도대체 무엇이오?"

산을 개간하자면 거기 드는 일손은 물론 산불이나 산사태가나 집이 무너질 우려가 있다는 것이고 강변 하천부지를 파면 물이 범람해 들어와 수해가 날 거란 탁상공론이다. 게다가 도대체 목화가 무엇이기에 농사를 젖혀두고 심어야 할 작물인가? 지금까지 면포 없이도 잘 입고 잘 살아왔는데 왜 그런 게 필요 할 것이난 것들이었다. 반대를 하기 위한 반대였다. 도대체 그런 씨앗을 들여온 자가 누구며 무엇 때문에 그런 금수품을 숨겨 들여왔느냐 그 자를 문초해야 하지 않나, 하는 사람까지 나왔다.

"오히려 불난 집에 부채질한 셈이 되고 말았어."

포은은 미안하다며 머잖아 다시 이 문제를 상감께 주청 드리겠다고 하였다.

"그렇지만 어느 천년에 상감을 만나지?"

포은의 불만이 또 나타난다. 초창기 공민왕은 개혁적이고 진보적이었다. 호복을 벗고 변발을 바로잡는 데도 앞장섰다. 그렇지만 지금은 어느 구석에 들어박혀 노는지 그림자 보기도 어렵다 한다.

익점은 미안해할 필요 없다고 한다.

"필요한 것은 알아서 다 퍼지게 돼 있어요."

배양촌은 물론이고 이웃 고을에까지 목화종자가 퍼져 있고 베짜는 기술이 전수되고 있는 중이질 않는가? 그러잖아도 언제 무슨 일이 일어날지 모르는 일촉즉발 직전에 이런 문제까지 들고 나와 일을 더 어수선하게 만들지 말자는 익점의 말이다.

"아직은 시기상조인 것 같아."

"그래, 그래도 발 없는 말이 천리를 가지."

좋은 것은 바람처럼 번진다는 말이다. 입소문을 타 저절로 면화 시배지가 넓어지기를 바라는 두 사람이다.

포은은 말은 이렇게 했지만 일이 뜻대로 풀리지 않는 불만을 참을 수가 없다. 반대가 반대를 하기 위한 반대가 되어버린 것은 몇 차례에 걸쳐 시행하려 했던 전제개혁에 대한 논의가 다시 싹틀까 봐 지레 겁을 먹은 저들의 속셈이라는 것을 누구나 다 알고 있는 사실이었다. 저들이 누구인가? 공신록을 먹고 있는 일부 토호들이다. 저들은 아직도 사병을 거느릴 정도로 막강한 사조직을 가지고 신진사대부들을 위협한다. 보수와 진보, 신·구 양당 간의 파벌의식이다.

이제 나라는 눈에 보이게 보이지 않게 이들 두 집단의 대결구도로 전환되었다. 신진사대부라면 젊은이들로 정몽주를 비롯한 길재, 이색, 이숭인, 정도전, 조준, 이성계 같은 이들이 주로 이 축에 들었다. 그런데 이들 중에서도 서서히 내정개혁을 추진하자는 사람들이 있었고 하루아침에 확 갈아엎어야 한다는 혁명파들도 있었다.

아직 눈에 띄지 않는 이러한 변화를 익점은 피부로 느낀다. 너무나 갑자기 맞는 이 새로운 정국구도가 그는 아직 낯설다. 도대체가 그 입지를 정할 수가 없을 정도로 복잡한 세상이다.

그런데 갑자기 그를 찾는 이들이 많아졌다.

"문익점이란 자가 누구인가?"

"도대체 그 자가 무슨 꿍꿍이속으로 다시 땅 이야기를 끄집어내는가?"

목화 심을 땅을 개간하자는 제의가 마치 기존해 있는 자기네들의 땅을 빼앗아 갈 목적으로 말한 것처럼 으르렁거리며 대들었다. '입 조심하라구. 그러다가 큰코다치는 수가 있어.' 하고 위협하는 사람도 있었다.

"이 보라구. 이렇게들 밍밍하니까 일을 성사시키지 못하는 거라구요."

정도전이 그를 찾아와 하루아침에 저들을 꺾어놓지 못하면 절대로 개혁 같은 건 없을 거라 격분한다. 그러면서 슬며시 이렇게 말한다.

"그 요승은 반드시 없어진다 하지 않던가요?"

그처럼 없어질 것들은 하루아침에 없어져야 한다는 말을 되풀이한다. 그러면서 그는 또 이렇게 말한다.

"포은은 다 좋은데 사람이 너무 물러 터졌어."

그래가지고는 큰일 못 한다는 말이겠다. 그러니 자기를 따르라는 말 같기도 했다. 학문으로 보면 자기보다 한 수 위인데 처신하는 것을 보면 영 아니라는 것이다. 그러면서 '쾌도난마'라는 말을 썼다. 베어버릴 것은 단칼에 베어야 한다는 것이다. 어물쩍하다간 되레 베임을 당한다.

익점은 삼봉의 말이 무엇을 뜻하는지 짐작이 가는 것 같았다. 그리고 그 내막이 포은의 말과도 맞닿아 있다는 것을 느낀다. 삼봉이 이 점을 은근히 떠보려고 왔던 것일까? 아니면 이를 주지시키려 왔던가.

"세상은 참으로 묘하이. 바람이 불 듯 눈에 보이지 않으나 흐르는 것이 있고 가만히 있는 듯하지만 움직이는 기운이 있어."

삼봉은 세상 이치는 이와 같아 그 움직임을 따라야 한다고 했다.

"오리는 바람을 거슬러 앉지 않지."

그는 또 기운에 대한 이야기를 한다. 물결을 거슬러 올라갈 수 없듯 이 기운도 거슬러 올라갈 수 없다.

"그런 걸 대세라고 하지 않는가?"

도도하고 탕탕한 물결 속에서는 떠밀려감이 있을 뿐 개인은 없다 한다. 그런 걸 정치라 한다. 정치는 집단행동이다. 어느 한 군왕의 절대 권력이란 없다. 군주는 상징적인 존재일 뿐, 정치는 중지를 모아서 해야 한다.

"홀로 독야청청은 없다네."

삼봉은 뭔가 앞일을 내다보고 있는 것 같은 말들을 한다. 선견지명이 있었던 것일까?

다음 날 익점은 공민왕의 시해 소식을 들었다.

사건의 전모는 이렇다고 했다. 홍륜이 익비와 놀아나 임신을 시키자 이를 눈치챈 최만생이 왕에게 이 사실을 일렀다. 소문을 두려워 한 왕은 최만생을 포함한 홍륜 일당을 죽이려 하였다. 겁을 먹은 최만생이 오히려 홍륜, 권진, 홍관, 한안, 최선 등 함께 놀아난 자제위 아이들을 충동질해 왕의 침전으로 뛰어들었다. 이에 신하들이 모두 혼비백산 하는 가운데 왕은 홀로 죽어갔다. 이강달이 홀로 시해당한 옥체를 지켜 명덕태후가 들어오자 분부받들어 이를 수습하였다.

"거 참 이상한 일이로고."

"뭐가 그리 이상한가?"

이상한 게 한두 가지가 아니질 않은가?

죄인들은 이튿날 금방 효수되었다. 그걸로 끝이었다. 누구 하나 붙잡고 늘어져 진상을 규명하려는 이 없었다. 이미 알려진 사실 그대로를 받아들여 처단하였을 뿐이다. 그만큼 부정부패에 시달려온 탓이었든지 왕의 실정에 대한 무관심이었는지 모를 일이다. 아니면 사건이 축소되거나 은폐되었을 수도 있다.

어쨌거나 뜨거운 감자로 떠오른 것은 누가 다음 보위에 오르느냐가 문제다. 거기 따라서 이번 사건의 전모가 드러날 수도 있다.

그러나 큰 격돌 없이 이인임의 추천을 받은 강령부원대군 우가 왕으로 추대되었다. 아명을 모니노라 하는 우는 이제 겨우 열 살, 신돈의 처형 후 명덕태후가 거두어들여 아직 그 치마폭에 숨겨진 인물이다.

"그러고 보니 그 실세가 금방 드러나네."

"그렇다고 섣부른 추측은 금물이야."

"그렇지만……."

소문이 난무하다. 서로 보는 눈과 관점이 다르기 때문이다. 한 가지 확실한 건 이인임 일파가 실세를 잡았단 사실이다. 왕을 추대하는 과정에서 누가 다른 이를 왕으로 추대했던가? 태후와 좌시중 경복흥 두 사람만이 겨우 반대의사를 표명하였다. 경복흥은 신돈을 제거하려다가 유배까지 다녀온 인물이니 당연히 그렇다치더라도 태후는 왜 그랬을까? 태후는 피를 흘리는 왕의 마지막 소리를 지금도 기억하고 있을 텐데…….

"그걸 몰라서 묻나? 허수아비 앉혀놓고 마음대로 주무르려는 수작들이지."

"미리 대비들을 했어야 하는 건데."

뭘 어떻게 미리 대비해둘 수 있었단 말인가? 아무도 예상 못했던 일이었다.

국상을 치르는 동안 별의별 소문들이 나돌고 나라는 온통 소문과 소문으로 어수선하기 이를 데 없었다.

어쨌거나 모니노는 그 출생의 비밀을 안고서도 등극을 해 우왕으로 불리게 되었다. 궐 밖에서 천방지축으로 자란 아이라 아직 궁중 법도도 모르는 열 살, 당연히 명덕태후의 수렴청정을 받아야 했다.

태후는 어린 왕을 올바른 군왕의 길로 제도하려고 애를 썼다. 그렇지만 호시탐탐 이런 기회를 얻어 득세하려는 무리들로부터 어린 왕을 지켜내지는 못했다. 예상대로 그 실권은 이인임이 쥐고 그는 지윤, 임견미, 영흥방 등 자기편을 높은 자리에 올려 아성을 쌓기 시작하였다. 자연히 그의 눈에 난 자들은 실각을 했다.

우왕 원년, 익점은 전의주부로 전보 발령을 받았다. 전의주부란 국가 제사를 지낸다거나 벼슬아치들의 호를 지어주는 정6품 벼슬이다. 이런 한직을 줄 때부터는 억울하면 집에 가라는 뜻일 게다.

"이게 대체 무슨 처사인가?"

이인임의 전횡은 인사이동뿐만이 아니었다. 뜻밖에도 그는 다시 원나라와 교섭을 하겠다는 친원파로 선회를 하였다. 그 자신이 원과 맞서 싸운 공로로 공신이 된 인물이다. 알 수 없는 것이 한 치 혀끝과 사람 속이라 했던가? 그의 친원 정책은 구실일 뿐,

이는 단지 친명파를 견제하기 위한 허울에 불과했다. 이를 빌미로 그는 한 사람씩 한 사람씩 그 반대파들을 숙청해나가기 시작한다.

"원나라 사신을 불러들인대……."

설마 했던 일이 사실로 드러나자 익점은 상소문을 작성해 올렸다. 원나라의 간섭에서 벗어나 자주국가의 기틀을 다지기 위하여 수많은 인물들이 아깝게 죽어갔음을 기억하라는 강력한 상소문이었다. 포은 역시 같은 상소문을 올렸다. 열 살짜리 왕이 이런 걸 알 리 없었다. 글이나 읽을 줄 알았을까?

"뭐 이 따위 상소문이 다 있어?"

두 사람은 당장 좌천이 되어 지방으로 쫓겨났다. 익점은 청도로, 포은은 언양으로 유배 아닌 유배를 가게 된 것이다.

"그래도 변방으로 쫓겨나지 않은 게 다행이네."

두 사람은 유배 아닌 유배 길에 오르면서 허허롭게 웃었다. 다음을 기약할 수밖에 없는 길이었다.

"한번 찾아가겠네."

다행스럽게도 청도와 언양은 그리 멀지않은 길이다. 비록 하늘 높이 솟아 있는 운문산을 넘는 길이긴 하지만 서로 같은 산줄기를 두고 동서로 나뉘어 있는 곳이다.

그해 가을 익점은 포은을 찾아 운문재를 넘었다. 포은이 요도에 들어가 두문불출한다는 소문을 들었기 때문이었다.

"요도라니? 거기 섬이 있단 말인가?"

익점은 포은이 동해 바닷속으로나 들어간 줄 알고 황급히 하인에게 말구종을 잡혔는데 실상은 그게 아니었다.

포은은 태화강 구곡천과 대곡천 사이에 밀려든 모래삼각주를 일컬어 스스로 요도라 부르며 고도절해에 갇힌 섬 생활을 하고 있었다.

"이 어인 일인가? 의관도 다 벗어버리고."

"날 같은 사람이 의관은 차려입어 뭘 하겠나?"

포은은 언양에만 해도 굶어죽은 사람이 그 얼마인지 모르겠다는 이야기를 한다. 거기다가 왜구들이 태화강을 거슬러 올라와 그나마 남은 양곡을 노략질해 가고 아녀자들을 납치해 가는 데에도 속수무책이니 그런 현령이 있어본들 무어 하겠느냔 것이었다.

"내 마침 여뀌 꽃이 흐드러진 이곳을 여뀌 '요'자를 써 요도라 이름 하였네."

여뀌 꽃은 물가에 자라는 풀로 독성이 있다. 이 풀을 뜯어 돌에 찧은 다음 냇물에 풀면 고기들이 죽을 정도다.

"그 풀꽃이 어여쁘기는 하네만 먹으면 죽을 정도지."

익점은 잠자코 그다음 말을 기다린다. 포은은 언제나 비유를 들어 말하기를 좋아한다. 그 서두는 엉뚱한 데서부터 시작해 알기 쉬운 본론으로 들어온다.

"나 역시 여기 앉아 지독한 독을 품든지 그 독을 먹고 죽든지 할 작정인 게야."

"죽어서야 되겠나? 독을 품어야지. 그리고 그 독을 되 쏟아 부어야지."

"그런가?"

포은은 그러면서 보여줄 게 있다며 그를 끌고 커다란 바위가 있는 곳으로 간다. 바위벽에 수많은 그림들이 그려져 있는 것이 눈에 띈다. 짐승의 모습을 닮은 것도 있고 글자 같은 모양새도 있다.

"각석."

바위에 새겨진 그림글이었다.

"이게 뭐 같은가?"

포은은 신라 화랑들이 여기서 수련을 하며 새겨놓은 글이라 한다.

"신라에는 화랑오계가 있어."

젊은 낭도들이 이런 자연에 들어와 심신수련을 하는 걸 자랑으로 여겼고, 나라에서는 장차 저들을 국가의 큰 기둥으로 삼았다고 한다.

"교육이야. 올바른 교육이 문제인 게야."

교육이 바로 서야 국가기강이 선다는 이야기다. 그러고 보니 포은은 여뀌의 독을 먹고 죽으려는 패배자의 모습이 아니라 독을 품어 언젠가는 그 독을 상대에게 쏠 준비를 하고 있다는 것을 느낄 수 있었다.

그러면서 그는 냇물 바닥을 이루고 있는 너럭바위에 찍힌 무수한 발자국들을 가리키며 이것들은 저 태고시대에 짐승이 밟고 지나간 자국이라며 아직 이 땅덩어리가 굳어지기 이전의 것이라는 천문지리를 역설하기도 한다. 화석이야. 뜨거운 발자국이 굳어 화석이 된 게야. 지금 이들의 가슴에는 배소의 설움이 녹아 화석으로 굳고 있다.

"발자국이 이만큼 크다면 그 짐승의 몸뚱아리는 얼마만 했겠나?"

언양 사람들이 다 먹고도 남을 거란다.

그러면서 그는 또 강물을 따라 조금 내려간 곳에 이보다 열 배나 더 많은 바위그림이 그려져 있다며 이 일대는 과거 부족민들이 살던 곳이라는 이야기를 한다. 어떤 부족이었을까? 그때에는 자기 부족만 다스리면 되었다는 것이다. 지금처럼 많은 사람들을 한꺼번에 다스리자면 통치이념도 뚜렷해야 되지만 통솔력도 있어야 한다는 이야기다.

"바위에 그려진 그림들은 고래야."

포은은 고대 국가에서는 고래 이빨로 만든 뿔잔을 제전 의식에 사용했음을 들며 이곳이 그 신성한 고래 이빨을 채집하던 고래잡이들의 집합소임을 확인한다.

"고래를 신성시하던 족속들의 집합소인 게야."

포은은 이곳이 처용무가 시작된 신라 땅이었음을 지적한다.

익점은 포은의 박학다식함에 다시 한 번 놀란다. 문장만 뛰어난 게 아니라 천문지리와 정치에도 뚜렷한 주관을 가지고 있질 않은가? 그에 비하면 자기 자신은 어떤가? 타산지석을 삼으려 한다.

"여기 와서 많은 것을 배웠네."

적거에서는 그 외로움을 달래기 위해 공부에 정진하거나 꺾여서 죽거나 둘 중 하나다. 그런데 이들은 유유자적하게 놀고들 있다.

"어떤가? 오늘 이렇게 왔으니 망부석이나 한번 보고 가지 않겠나."

"망부석은 또 뭔가?"

말을 타고 한참을 달린 산등성이 위에 사람을 닮은 바위가 하나 서 있다. 그 형상이 흡사 먼 데를 바라보고 서 있는 사람의 모습이다.

신라 박재상은 삽량주 사람으로 눌지왕의 명을 받아 고구려로 잡혀간 왕의 형제 복호를 구하고 다음 해 다시 일본에 건너가 볼모로 잡혀 있는 왕자 미사흔을 무사히 본국으로 돌려보내는데 성공했지만 그 자신은 붙들려 처형되었다. 왕은 이에 대한 보답으로 둘째 딸을 미사흔과 결혼시켜 살게 하였지만 막상 그 부인은 돌아오지 않는 남편을 기다려 산등성이에 선 채 돌이 되었다는 것이다.

"우리 마누라도 망부석이 되지 않을까 걱정이야."

포은은 이렇게 쓸쓸히 웃으며 말을 몰아 산을 내려간다. 이만하면 귀양살이도 괜찮지 않느냐며 저녁엔 술도 한잔했다.

-유붕이자원방래하니 불역낙호아라.

　두 사람은 학동으로 만나 귀밑머리가 하얗게 세도록 친동기처럼 지냈던 지난 세월을 반추하며 허허롭게 웃었다. 이제 어디서 무엇이 되어 만나랴? 기약도 없는 세월이었다.

11

효자리 전설

언양을 다녀온 후 얼마 안 돼 익점은 모친상을 당했다.

부음을 받고 다시 고향으로 돌아오는 길목에 목화송이들이 흐드러지게 피어 있는 것이 제일 먼저 눈에 띈다.

"목화가 벌써 여기까지?"

소문으로는 들었지만 목화가 이렇게 먼 마을까지 퍼져 있을 줄은 생각지도 못했던 일이었다. 이는 사람들이 벌써 목화의 중요성을 알았다는 증거다. 그런데 왜 여태껏 그 귀한 목화송이를 거두어들이지 않았을까? 목화를 거두어들일 여유가 없을 만한 급한 일이 있었음이 분명하다. 이 지방에 무슨 큰일이 있었을까?

그러나 그는 여러 가지 곰곰이 생각할 틈도 없이 말을 달렸다.

그래도 말이 느림보 같아 채찍질을 한다.

익점은 동구 앞에 다다르자 말에서 내려 복받치는 울음을 터뜨렸다.

"아이고……."

"아이고……."

벌써 집 안에서도 곡소리가 흘러나온다.

빈소에는 아들들과 어린 손자들이 상복을 갖춰 입고 호곡을 하고 있다가 그가 오는 것을 보고는 맨발로 뛰어나온다. 올망졸망 건(巾)들은 썼지만 아직 어린애라 바짓가랑이에 매달리는 아이들도 있다.

"아버지."

"할아버지."

배소에 유폐되어 있는 몸이라 모친상을 당해 임종도 지키지 못했다. 간신히 윤허를 받아 관복을 벗고 돌아왔을 때는 이미 장사를 치르고 난 뒤였다.

"석 달이나 삼년상을 치를 수도 있었지만……."

배소에 있는 몸이라 올 수 있을지 어쩔지 몰라 서둘러 장사를 치렀다는 가형 익겸의 말이다. 그도 그럴 수밖에 없었던 것이 왜구들의 분탕질 때문에 빈소를 차려두고 있을 수가 없었단다.

"그래서 가묘라도 쓸 수밖에 없었습니다."

"용서하세요."

동생 익부의 말이다.

"형님, 너무 억울합니다."

막내 동생 익하는 울분을 참지 못한다. 나라에 벼슬을 나갔으면 남부럽잖은 장례를 치러야 했을 텐데 이게 뭐냔 것이다. 꼭 남의 땅에 암장을 하듯 서둘러 시신만 묻고 돌아왔다는 것이다.

동생들은 형도 없는 와중에 장사를 치른 게 못내 죄스럽다. 게다가 아직 봉분도 제대로 올리지 못한 데 대한 송구함을 피력한다. 왜구들이 들이닥쳐 사람들을 마구잡이로 잡아가고 약탈을 하는 바람에 제대로 격식을 갖출 수가 없었단다.

"그렇게라도 수습을 한 게 다행이지."

형의 말이다.

"봉분이야 다시 손보면 될 일."

익점이 동생들을 위로한다.

"너무 상심하지 말거라. 언젠가는 또 좋은 날이 오지 않겠느냐?"

지금은 이렇게 죄인 아닌 죄인 취급을 받고 있지만 언젠가는 진실이 밝혀질 날이 올 거란 이야기를 한다.

"그래, 그 이야기는 나중에 하고 가서 상복이나 입고 나오너라."

"예, 형님."

익점은 대충 이렇게 형제들과 대면한 뒤 방으로 들어간다.

관혼상제에 따른 예의범절을 다 지키자면 한이 없다. 산 사람이 죽은 사람 때문에 죽어서는 안 된다. 조상을 섬기는 그 정성과 마음만 있으면 된다. 그는 말 냄새와 땀에 젖은 옷을 벗는다.

왜구들의 분탕질이 심한 바닷가에서는 시체를 도둑맞는 일도 있다. 시체를 도적질해다가 아녀자들과 맞바꾸자는 제안도 해오는 일이 있다지 않았던가?

"어머니. 이 못난 불효자를 용서하세요."

익점은 서러움에 복받쳐 운다.

울고 또 울어도 서러움은 남는다.

"나처럼 어머님 속 썩인 불효자도 없을 것이야."

자식은 크면 어른을 모시고 가까이 살아야 한다. 부모님은 늙게 마련이고 늙으면 그 외로움을 이기지 못한다. 자식이 이 외로움을 나누지 못하면 불효자다. 익점은 이게 못내 걸린다.

이러한 남편의 서러움을 달래듯 송이가 입을 연다.

"어머님 수의는……."

친정어머니가 손수 짜 보낸 무명옷을 입혔다 한다. 마지막 가는 길에 신을 저승 버선은 아내가 손수 만들어 신겼다는 이야기도 한다.

"수고했소. 어머님도 그 옷 입고 편안하게 잠들 수 있었겠어요."

그는 이 말을 하는 순간 또다시 앵두의 모습이 떠오른다. 어떻게 면포만 생각하면 앵두가 떠오르는 것일까? 솜옷 속에 봉긋이 내밀던 가슴과는 달리 얼굴은 형체도 알아볼 수 없을 만큼 일그러져 있던 바로 그 모습이다.

"상복도 제가 만들었어요."

송이는 손수 지어 만들었다는 상복을 내민다. 위로 관에서부터 효건(孝巾), 최복(衰服) 상·중의(上·中衣), 행등(行縢)은 물론이고 요질(腰絰)과 교대(絞帶)에 이르기까지 그의 몸집에 맞는 맞춤이었다. 상복은 오복(五服)에 따라 사용하는 베나 삼을 달리함은 물론 만듦새도 조금씩 다르다. 참최는 아버지나 할아버지 상에 입는 옷으로 가장 거친 베로 짓되 아랫단을 꿰매지 않고 접는다. 재최는 그다음으로 굵은 생포, 대공은 종형제, 자매 등에 입는 것으로 가는 숙포로 옷을 만든다. 머리의 테두리인 질과 허리띠인 대는 참최는 저마, 재최는 시마, 대공은 숙마로 만들었다.

상제가 출입할 때의 복장은 방립에 포선, 포직령, 교대 등을 착용한다.

"이 출입복은⋯⋯."

겉옷으로 입는 도포는 감물을 들여 그 색깔이 갈포와 비슷하게 했다 한다. 다른 건 다 흰옷을 입어도 좋지만 도포만큼은 망건이나 굴건과 같은 색깔로 하기 위해 감물을 들였다는 것이다. 망건은 보통 삼베로 만들고 굴건은 익힌 삼 껍질을 그대로 엮어 만든 것이라 갈색을 띤다. 출입이 잦은 사람이라 출입복을 입다가도 불시에 들이닥치는 조문객을 맞이하기 위해 굴건제복해야 할 때가 있으므로 그 색깔까지 맞추려 애쓴 흔적을 보며 그는 아내의 손이라도 잡아주고 싶었지만 참는다. 상중에는 부정 탈 일을 해서는 안 된다.

"수고했어요."

그는 거추장스러우리만큼 거창한 상복을 차려입으며 앞으로 이 모든 제수용품이 면포 하나로 바뀔 날이 있을 것이라고 생각한다.

갈포는 추위를 막을 수가 없다. 그렇다고 한시적으로 입는 상복을 비싼 모시나 명주로 해 입을 수도 없는 노릇이다. 그런 옷을 입고 시묘살이를 할 수는 더더군다나 없을 일이다. 면포에다가 솜을 넣은 솜옷을 입는다면 겨울도 거뜬히 이겨낼 것이다. 이미 그는 솜옷의 위력을 잘 알고 있는 터였다.

"어머님은 그리 많은 고생을 하지 않으셨어요."

그러니 스스로 마음을 아프게 하지 말란 아내를 바라보며 그는 고개를 끄덕인다. 그러면서 속으로 말한다.

"이제 다시는 고생시키지 않겠소."

정말이지 이제 다시는 관직에 나가지 않겠다는 각오다.

상복을 갈아입고 빈소로 나오자 다시 곡소리가 울려 퍼진다.

"아이고 아이고 아이고……."

이날로 익점은 바깥세상과 인연을 끊고 오로지 어머님 전 명복을 비는 일에만 전념하겠다고 다짐한다. 아버지를 여의었을 때와는 또 다른 감정이 그를 옭아매고 있었던 것이다. 권력에 대한 무상함과 정치의 허상이 그를 현실로부터 도망치게 만들고 있다.

그는 형제자매들이 모두 자기를 바라보고 있다는 것을 은연중에 의식하지 않을 수 없다. 그도 그럴 것이 집안에서 가장 촉

망받는 중앙 조정의 벼슬자리에 앉았다가 하루아침에 갑자기 배소로 밀려난 주인공이 아니던가. 그러니 집안사람들은 물론 문상 온 이웃 사람들까지도 힐금힐금 그의 눈치를 보았다.

그러한 저들을 안심시키는 일도 신경을 써야 할 문제다. 괜스레 다른 사람들의 기분까지 잡쳐놓을 필요는 없을 것이기 때문이다.

"모친이 돌아가신 것은 애석한 일이나……."

호상이란 것이다. 연세 그만 하시면 천수를 누린 셈이고 고생도 안 하고 눈 감으셨으니 이 얼마나 다행스러운 일이냔 위로 아닌 위로의 말들이다. 이런 위로의 말을 하는 이웃들을 위해서라도 인상을 펴야 한다. 상주가 웃고 다닐 수는 없는 노릇이겠지만 이웃을 위압해서는 안 될 일이다. 익점은 억지로라도 인상을 펴려고 노력한다. 그렇지만 가만히 앉아 있으면 속이 부글부글 끓어오른다.

이 알 수 없는 분노를 삭이는 방안으로 도피처를 찾은 곳이 어린 손자들이었다. 언제 왔는지 무덤 앞까지 따라온 손자 승로와 승선이 거기 있었다. 승로가 호기심에 가득 찬 눈으로 묻는다.

"할아버님, 증조할머니는 이미 돌아가셨는데 제사상은 왜 차리는 겁니까?"

"옛 성인의 말씀에, 없는 이 섬기기를 생존해 있는 이 섬기는 것같이 하는 게 효의 지극함이라 했느니라."

"그러면 효란 무엇이옵니까?"

"선인의 뜻을 잘 계승하여 선인의 일을 발전시키는 일이라 했느니라."

"발전이 무엇이옵니까?"

그는 녀석들의 초롱초롱한 눈을 보며 아버지도 어머니도 자식을 이렇게 가르치셨을 것이란 생각을 한다. 그러므로 자식에게도 바른 도리를 가르쳐야 한다. 그게 교육이다. 이 교육을 게을리해서는 안 된다. 그는 명색이 온 나라의 교육을 책임진 대사성의 자리에 있었으면서도 정작으로 제 자식들에겐 교육을 시킬 시간을 갖질 못했었다는 생각을 한다. 가장 좋은 교육은 가정교육이다.

익점은 사람이 사람답게 살지 않으면 짐승이나 다를 바 없다고 가르친다. 언제 왔는지 늦둥이 막내 중계도 와 있다. 중계는 여기 오지 못한 형들에게도 이 말을 가르쳐줘야 하지 않느냐 묻는다.

"형아들에게도 그 말씀을 가르쳐줄까요?"

"암, 그래야지."

그런데 형들은 이미 이런 것들을 다 배워서 알고 있을 거라고 말하는 익점이다.

"그런데 형아들은 이미 다 배워 알고 있을걸?"

첫째 중용이, 둘째 중성이는 이미 가솔을 거느린 가장이 되었고 셋째 중실이는 학당 공부를 끝내가고 있는 중이다. 아래 둘만이 아직 이러고 있는데 중진은 이미 키가 훌쩍 커버려 조카들과는 잘 어울리지 않는다.

"너들도 어서 커서 학문을 익혀야 할 텐데."

"학문이 뭔데요?"

막내 중계는 아직 학문이 뭔지 모른다.

"학문이란 사람이 사는 데 필요한 지식들을 배우는 일이란다."

익점은 과연 이들도 학문을 익혀 애비와 똑같은 길을 걸어야 하나 생각해본다. 잘못하다간 식자우환이 될 수도 있다. 오히려 우문한 것이 나을 수도 있는 세상이다. 그는 지나간 세월들이 원망스럽다. 차라리 농사나 짓고 사는 농투성이였었더라면 이럴 수가 있었겠느냔 생각이다. 특히나 어머님 살아생전에 물 한 모금 떠 먹이지 못하고 마지막 임종을 지키지 못한 일이 한스러울 때는 더욱더 그렇다.

그 한을 그는 시묘로 풀려 한다.

"네 몸이 그리 쇠해가지고 감당할 수 있겠느냐?"

"형님은 걱정 말고 돌아가세요."

익점은 나라에 녹을 먹고 있는 사람이 더 지체할 수 있겠느냐며 가형을 임지로 돌려보낸다. 형 익겸은 문과에 급제하여 진중 내급사로 일하고 있는 중이었다. 그러니 오래 이러고 있을 시간이 없다. 동생들에게도 각자 돌아가 그 생업에 종사하라 이른다. 그러면서 목화씨 한 줌씩을 가져가라 한다.

"시묘살이는 한 사람만으로도 충분하니까 너희들도 가서 일이나 해라. 그리고 이걸 심는 일이야말로 나라를 살리는 길임을 명심해라."

익점은 나라가 있고 백성이 있다 한다. 그동안 그릇된 간신들에 의해 입은 정신적 피해는 생각지도 않고 나라에 충성하라 이른다.

"형님은 충성이라는 말이 입에서 나오십니까?"

"나라가 있어야 내가 있질 않겠느냐? 설사 잘못된 사람들이 나라를 다스린다 할지라도."

그래도 나라 법은 따라야 한다는 익점이다.

이렇게 해서 익점은 또다시 시묘살이에 들어갔다.

아침저녁으로 호곡을 하고 상을 봐 올려 귀신들이 와 음복을 하게 하는 것은 물론이고 묘막에다가는 아예 나무판을 서안 대신 짜놓고 책을 읽었다. 일없이 무덤을 바라보고 탄식만 하는 게 시묘살이가 아니라는 것이었다.

'사람은 죽을 때까지 배우고 익혀야 해.'

그는 때때로 무덤 옆 산지를 개간하여 풀을 뽑고 목화도 재배하였다.

목화재배는 그의 형제들과 조카들 그리고 처족들에 의해 타지에까지 보급 전파가 되었다. 또 그들의 혈족과 혈족의 혈족들에 의해 보급되어 나갔다.

"의복이 날개야."

옷감으로서는 이만한 게 없다는 소리를 들을 때마다 그는 흐뭇하다. 그리고 그럴 때마다 그 공로는 앵두가 받아야 마땅하다고 생각한다. 그러면서 그는 또 생각한다. 앵두가 아니었더라면 목화에 관심을 두었을 리가 없다. 앵두는 아마도 그 일을 위해 하늘에서 내려온 선녀가 아니었을까 하는 엉뚱한 생각도 해보는 것이다.

"할아버지 무슨 생각해?"

"응? 하늘나라 선녀님을 생각했지."

그는 어린 손자 녀석들에게 하늘나라 선녀님이 내려와 목화 꽃씨를 주고 간 이야기를 한다. 사람들은 그 선녀님 덕분에 따뜻한 옷을 입게 되었다는 이야기다. 아이들은 벌써 몇 번째 듣는 이야기였지만 재미있어한다.

"사람은 무슨 일에건 관심이 있어야 하는 게야."

관심을 가지고 사물을 대해야 한다. 대학에 이르기를, 천하의 사물을 대할 때 그 이미 알고 있는 이치를 더욱 추구하여 그 궁극에 도달하는 것이 지식의 근본이라 하였다. 그는 이제야 그렁저렁 외우기만 했던 성인의 말씀이 무슨 뜻인지 그 참 이치를 깨달을 것 같았다.

모든 일을 무관심하게 봐 넘기면 그걸로 그만이다. 그렇지만 관심을 가지고 한 발짝 더 들어가 보면 그 속에 온갖 새로운 것들이 존재해 있음을 알 수 있다.

"성현은 이 깨달음에서 지식을 얻는다 했다."

이 깨달음이 끝나는 곳에 또 다른 이치가 있다. 아는 것을 써먹는 '용用'이다. 아는 것을 실행하지 않으면 아무 소용이 없다.

아는 것은 써먹어야 한다. 어디다 어떻게 써먹어야 하는가? 올바른 일에다 그 아는 것을 써먹어야 한다. 그렇다면 또 올바른 것은 무언가? 이렇게 해서 학문은 끝이 없고 그 궁구는 일평생을 갈고 닦아도 마감되지 않는 일이 되고 만다. 성현들은 이 갈고 닦는 일로 일생을 바쳤다.

그는 다시 학문의 길로 들어서야겠다는 생각을 다지고 또 다진다. 오로지 자기 수양을 쌓기 위해 학문이 필요한 것이다. 학문을 닦았다고 해서 반드시 나라를 위해 일하고 백성들을 위해 일한다는 것은 아니다. 정치란 덕을 바탕으로 하는 것이 아니라는 걸 똑똑히 체득한 바가 있질 않은가? 오로지 자신의 덕행을 위하여 하는 학문이다.

치덕이란 없다. 오로지 권모술수와 배덕만이 권세를 유지할 수 있는 수단이 된다. 거기 무슨 덕이 있을 수 있으며 학문이 소용 닿더란 말인가? 여기서 공자의 인(仁)과 예(禮)는 무용해지고 만다. 그는 차라리 이런 말에 귀를 기울인다. 천인합일(天人合一)이다. 하늘과 땅이 하나이며 물아일체(物我一體)가 된다. 사람과 자연이 하나이며 삼라만상 물체와 내가 하나이니 인간도 바람처럼 살다 바람처럼 사라지는 존재로 인식하면 그만이다. 거기 무슨 정치가 있고 나라가 있고 학문 따위가 필요할 것인가? 다만 존재할 뿐인 것이다. 삼라만상이 모여 우주가 되듯이 그냥 그렇게 우주의 한 부분으로서 존재할 뿐인 것이다. 살아 존재하는 것이 중요하다.

존재를 인식하기 위하여 더욱더 깊이 있는 학문을 해야 한다.

그러나 그는 이 몸부림이 중심에서 밀려난 패배주의라 생각한다.

"그건 패배주의에 다름 아닌 게야."

이럴 때 그는 주자를 떠올린다. 주자는 공자의 도를 비켜나 새로운 주장을 했다. 누가 바람을 보았는가? 그렇지만 바람은 있다. 누가 마음을 보았는가? 본 사람은 없지만 분명 마음은 있다. 그 바람이 머무는 곳이 어딘가? 마음이 머무는 곳은 또한 어디인가? 그 일어나는 것과 머무는 곳……. 주자는 그 머무는 곳과 일어나는 곳을 주장하여 이(理)와 기(氣)를 설파했다. 이와 기는 하나이면서 둘이고 둘이면서 하나다. 서로 나눌 수 없는 불가분의 관계를 지닌다. 인과 예처럼 애매모호한 말이긴 하지만 그게 근본이라 했다. 근본은 뿌리다. 모든 것은 이 뿌리로부터 비롯된다. 이 세상도 인간도 이 근본에서부터 비롯되고 소멸된다.

세상에는 음과 양이 있다. 다 아는 사실이다. 그처럼 선과 악도 양립해 존재한다. 이 또한 누구나 다 아는 사실이다. 그러나 인간은 때로 선할 때도 있고 악할 때도 있다. 한 사람의 마음속에 두 가지 기운이 함께 들어 있는 것이다. 어느 기운에 더 많이 의존해 살아가느냐에 따라 그 인간의 됨됨이가 결정된다.

그 됨됨이는 어떻게 나타나는가? 환경이 결정짓는다. 늘 선한 기운 속에 있을 수 있는 환경이 되면 선하게 살 수 있고 그렇지 못하면 악에 가까워질 수밖에 없다. 좋은 환경을 만들어주는 것이 군주와 스승과 부모가 할 일이다.

그는 스스로 묘막 앞에 좌선대를 만들어놓고 참선을 한다. 책을 읽는다. 명상을 한다. 일찍이 이런 평안함과 고요함이 없었다. 자아를 찾아가는 길은 여러 갈래다. 그렇지만 홀로 이렇게 가부좌를 틀고 앉아 책 읽고 명상하고 우주의 기를 들이마시는 일만큼 확실한 것은 없다.

그는 심심하면 아이들을 불러 모아놓고 이렇게도 가르친다.

"하늘은 절대 너를 버리지 않는다."

이때의 하늘이란 무엇을 뜻하는가? 하늘은 본시 선함이다. 그 선한 기운으로 사람을 만들었기 때문에 사람도 선하다. 살다가 악의 기운을 쫓게 되는 까닭은 사람이 악해서가 아니라 그 주변 환경이 악하기 때문이다. 주위를 깨끗이 정리 정돈하는 것은 스스로 악한 기운을 멀리하려 함이다. 그리고 자신으로 하여금 주변을 오염시키지 않도록 항상 몸과 마음을 바르게 해야 함은 삶의 근본 도리다.

"그러면 악의 무리를 보았을 때는 어떻게 해야 합니까?"

그걸 피해야 하나 정면 대결을 해야 하나?

"저 강물을 보아라. 작은 개울물이 흘러들어 강물을 이루나 강물은 이를 물리치지 않느니……. 작은 덕은 개울물처럼 흐르지만 큰 강물은 이를 두텁게 교화시킨다 하였느니라."

"공자의 도를 말씀하시는군요."

셋째 중성의 말이다. 벌써 셋째까지는 공맹을 배워 익혔다.

"지금 제가 묻고 싶은 것은⋯⋯."

나라가 온통 왜구들에게 짓밟혀 분탕질을 당하고 있는데 이러고 있어도 되겠느냐는 이야기라 하였다. 그는 문득 그 자신이 아버님한테 했었던 말을 떠올리며 다시 한 번 놀란다. 앵두가 뙤놈들한테 당하고 난 뒤 그는 길길이 뛰며 원수를 갚겠다고 외쳤었다.

그때 아버님이 뭐랬던가? 그게 어디 한두 사람 혈기로 다스려질 일이냐고 따져 물었었다. 그는 그 말이 불만스러워 대들기까지 했었다. 그는 자식들로부터 똑같은 질문을 받고 있다 생각하니 정신이 번쩍 든다. 혈기를 부렸던 자는 결국 제 명대로 살지 못했고 참았던 자는 그래도 제 명대로는 살았다. 그렇다고 두 죽음 사이에는 무슨 차이가 있을 것인가? 어떤 죽음이 더 가치 있었다라고 말 할 수 있을 것인가. 뭘 어떻게 대답할 것인가? 결국 죽음에 이르는 것이 인간이다. 그가 어떤 죽음을 맞았든 간에, 그가 어떤 값어치 있는 일을 하고 죽든 간에 그건 오로지 그가 결정할 문제가 아닌가. 스스로가 선택할 문제다.

"애비는 이래라 저래라 말할 수가 없구나."

무슨 일이건 자기 소신껏 행동하라고 말한다. 아는 것만큼, 배운 것만큼 실행하는 것이 배운 자의 도리다. 단지 지금은 문씨 일가의 상중이니까 거기 걸 맞는 행동을 해야 할 거라 말한다. 이 말 속에 깔려 있는 뜻은 무언가? 따지고 보면 그런 일에는 나서지 말라는 반대의사가 들어 있는 것 아닌가? 하는 수 없이 자식 앞에서는 보수적이 되는 것이 애비 마음이다.

"소문에 의하면 아지발도라는 여나믄 살 된 아이가 왜구의 우두머리라 합니다."

아지발도는 온 전신에 용 비늘 같은 털 비늘이 돋아 있어 칼로 베어도 들어가지 않고 화살을 맞아도 끄떡없다고 한다.

"그러한 자를 너희가 어찌하겠다는 게냐?"

"어찌하겠다는 게 아니라……."

익점은 제 스스로도 놀란다. 왜 이 아이들의 할아버지한테서 들은 말과 똑같은 말을 이들에게 하고 있는가? 보통 애비를 뛰어 넘지 못하고 있다는 생각이다. 자식 생각함이 어느 부모 다를까? 그 역시 왜구들을 보면 피하라고 일러 주고 있질 않은가? 사람 마음은 참 알 수 없는 요물이다. 남들한테는 나라를 위해 싸우라 하면서 자기 자식들에게는 이를 피하라 가르친다.

며칠 지나지 않아 왜구가 출몰했다.

"왜구다."

"왜구가 쳐들어온다."

사람들은 도망가고 마을이 비었다.

그러나 익점은 무덤을 지키고 서서 여전히 곡을 하고 있다.

"당신은 왜 도망가지 않았어 해?"

왜구 하나가 홀로 무덤가에 호곡을 하고 있는 익점을 붙잡고 호령을 하였다.

"나는 부모님 무덤을 지켜야 하기 때문에 피난을 갈 수가 없는 몸이다."

"무덤은 왜 지키는가?"

왜구는 이미 죽어 땅속에 묻힌 목숨인데 지킬 게 뭐가 있느냐 따진다.

"몸은 죽었어도 그 혼백은 아직 여기 머물고 계신다. 사람은 죽어서도 살아생전의 가족들 곁에 삼년은 머무르신다."

그러니 명인을 두고 그 곁을 떠날 수 없는 것이 자식 된 자의 도리라고 말한다.

"왜 그런가?"

"그게 효도다."

"우리 왜에는 그런 풍습 없다."

"그러니 왜구란 소릴 듣는다."

왜구의 구(寇)자가 무슨 뜻인가? 도적이란 말이다. 감히 도적의 나라에 그런 미풍양속이 있을 리가 없다 말한다.

"당신은 누구인가?"

"나는 문익점이다."

왜구는 갑자기 만난 이 위풍당당한 인물에 흥미가 있는 모양이다. 몇 마디 말을 더 시키더니 가서 우두머리를 데려 온다.

"이 자가 갈수록 이상한 말을 합니다."

"이상한 말을? 그래, 무슨 이상한 말을 했소까?"

우두머리는 투구 속에 가려진 얼굴임에도 불구하고 낭랑한 목소리를 내고 있었다. 아직 미성인 걸로 보아 이 자가 바로 아지발도란 자가 틀림없을 거란 생각이 든다.

"아지발도는 아직도 모르고 있나요? 세상에는 예의범절이라는 것이 있고 그 예의범절을 지킬 때 참인간이 되는 것이오."

"어찌 내 이름을 아는가?"

"그 유명한 아지발도를 모르는 사람이 어디 있겠소?"

익점이 결연한 어조로 말한다.

"그대의 이름이 내 귀에까지 들린 것은 그대가 유명해졌기 때문이오. 사람이 유명해지는 데에는 두 가지 이유가 있소. 좋은 일을 많이 해서 유명해진 사람이 있고 나쁜 일을 많이 해서 유명해진 사람이 있소. 그중에 당신은 나쁜 일로 이름을 떨쳤으니 이 담에 반드시 무간지옥에 떨어질 것이오."

그러나 아지발도는 목소리를 가라앉힌 침착한 어조로 이 말을 받는다.

"왜 내가 나쁜 짓만 했다고 생각하시오?"

익점은 이 자가 용맹만 있는 게 아니라 속에 든 것도 있다는 생각에 이렇게 말한다.

"당신은 남의 재산을 노략질할뿐더러 무고한 사람들을 많이 죽이고 있소. 뿐만 아니라 남의 부모님 무덤 앞에 서서도 절은 고사하고라도 그 가면 같은 것도 벗지 않고 있으니 그 무례가 이만저만이 아니오."

"그렇다면 그대의 원대로 내 이 가면을 벗겠소."

아지발도는 아직 한 번도 벗어본 일이 없다는 투구를 벗는다.

얼마나 오랫동안 철가면 속에 들어 있었는지 얼굴은 백옥같이 희고 두 눈은 화등잔만 하다. 콧대가 날카롭게 선 데다 두 귀가 당나귀 귀처럼 쭝긋한 것이 이목구비가 뚜렷하다. 한 말로 귀공자 얼굴이다. 그런데 한 군데 흠집이 있다. 왼쪽 목덜미에 이상한 점 같은 것이 있는데 비늘이 벗겨진 흉터 같았다. 투구의 손잡이가 달린 바로 그 부분이다.

그는 그 자리를 남에게 보이기 싫어 늘 가면을 쓰고 있다 했다.

"문상은 하지 않소?"

익점이 억지를 부린다. 아무리 처음 보는 사람이라도 죽은 자 앞에서는 상례를 치르는 것이 예라 한다. 게다가 아직 혼령이 하늘나라로 가기도 전인 떠도는 상태일 때는 더더욱 그래야 한다는 억설을 늘어놓는다.

"그래야 악귀가 붙지 않을 것이오."

산 사람은 죽은 사람의 복을 받아야 잘 산다. 반대로 죽은 자의 저주를 받으면 허망한 꼴을 당하게 된다. 익점은 되는 대로 주절거려 왜구의 혼을 빼놓는다.

아지발도는 긴가민가하면서도 익점이 시키는 대로 했다. 딱히 갈 곳이 있는 것도 아니고 오늘밤은 어차피 이 마을에서 묵고 갈 생각이니 이렇게 놀아보는 것도 재미있을 거라고 생각하는 것 같았다.

익점도 아지발도의 그릇 됨이 이 정도라면 비록 왜구이기는 하나 괜찮은 인물이라는 생각이 든다. 잘만 타이르면 제 발로 순순히 물러갈 것 같은 느낌이다. 어쨌거나 마을에 큰 피해를 입히지 않고 지나가 준다면야 그보다 더 다행한 일이 어디 있을 것인가?

"내 비록 상복을 입고 시묘살이를 하는 몸이지만 그대와 부하들을 위해 술 한 독을 내겠소. 마침 조문객들을 위해 술 담아놓은 것이 좀 있으니……."

마시고 가라 했다. 이렇게 해서 왜구들은 조용히 하룻밤을 묵고 물러났다.

가면서 후속 부대에게 알리는 팻말까지 써 붙여놓고 갔다.

-이곳엔 효자가 살고 있으니 침범하지 말라.

이 소문은 꼬리에 꼬리를 물고 퍼져나갔다. 왜구를 토벌하러 왔다는 어떤 토벌대장은 이 일을 곡해하여 익점이 왜구와 내통한 것이 아닌가 하는 의구심까지 품었다.

"믿을 수 없소. 왜구가 그냥 지나가다니?"

"그러면 내가 왜구와 밀통이라도 한단 말이오?"

"그렇잖았으면 왜구가 왜 이곳을 그냥 지나쳤겠소?"

"그건 왜구들한테 가서 물어보시오."

익점은 왜구를 토벌한답시고 돌아다니며 오히려 민폐를 끼치고 다니는 병사들을 그냥 두고 볼 수가 없다. 왜구들은 신출귀몰 몰려드는데 이런 자들이 어찌 백성들을 보호할 수 있을 것인가? 그것도 익점이 고려 궁궐에 있다가 밀려나 한직에 머물다가 기어코 그것조차 손 놓고 시묘살이를 하는 걸 알고서는 더욱 매

몰차게 대하는 저들이었다. 약자 앞에서는 한없이 강하고 강자 앞에서는 비굴해지는 인간들이 있다. 이들이 바로 그러한 자들이었다.

"그러니 왜구 줄 술은 있고 우리 줄 술은 없다?"

"술이란……."

꼭 마시고 싶다면 새로 담그면 된다. 그렇지만 도적 쫓는 일이 더 급하지 않느냐? 누굴 위해 도적을 쫓느냐? 목숨 걸고 그래 봤자 돌아오는 것은 괄시와 가난뿐이다. 어차피 공로라는 공로는 높은 자리에 있는 자들이 다 차지하고 졸병들은 이러나저러나 마찬가지다. 그러니 뭣 때문에 목숨 걸고 싸울 필요가 있느냐?

"우리는 이러고 있으면 그만이다."

"그대들의 지휘관은 누구이신가?"

"우리는 지휘관도 없다."

"지휘관도 없으면 패잔병이란 말인가?"

이들은 본시 홍산 지역에서 패해 도주한 왜구를 쫓아 남하하던 군사들이었다는데 어디서 어떻게 본대를 잃었는지 알 수가 없다 한다.

"그렇다면 부대를 찾아가야지 언제까지 이러고 다닐 거요?"

"이제는 가도 죽고 안 가도 죽을 목숨들이니 상관 마소."

나라의 군기가 이렇게 빠져 있으니 왜구의 준동이 심할 수밖에. 어쩌다가 세상이 이렇게 되었을까? 익점은 어이가 없어 할 말을 잃는다. 정규군이 이 정도로 문란해졌다면 더 할 말이 없겠다.

익점은 이들을 잘 달래 밥을 해 먹여 보낸다.

"군율을 어기고 산속에 들어가 비적이 되는 것보다는 가서 잘못을 빌고 다시 싸움터로 나가는 것이 떳떳한 일이 될 것이오."

그런데 한 가지 이상한 일이 생겼다. 며칠 지나자 이들은 처음 올 때와는 달리 퍽 고분고분하게 말을 잘 듣는다. 갈 때는 인사까지 하고 간다.

"우리도 그리 나쁜 사람들은 아니니 너무 고깝게 생각 마소."

묘막 앞에 새가 한 쌍 날아와 집을 짓더니 알을 까고 새끼를 부화했다. 이놈들은 사람이 가까이 가는 데도 겁 없이 날아다니고 심지어는 묘막의 문설주 위에까지 내려와 앉기도 한다. 이름은 모르겠지만 익점은 이를 상서로운 징조라 여기고 먹이도 준다.

그런데 하루는 커다란 뱀이 새 둥지를 향하여 슬슬 기어가는 것이 눈에 띄었다.

"예, 이놈. 고이언놈 같으니라구……."

작대기를 들어 치려는데 얼핏 상주라는 생각이 들어 들었던 손을 내린다. 어린 새 새끼들은 나 살려라 울부짖는데 다시 작대기를 들어 뱀을 치려니까 작대기가 없다. 설상가상으로 이번에는 뱀의 날름거리는 혀가 이쪽을 향하여 쏜살같이 달려드는 게 아닌가? 놀라 깨니 꿈이었다. 어찌나 놀랐던지 하마터면 큰소리를 지를 뻔하였다.

이런 일이 있고 난 후 익점은 새들이 한 마리씩 둥지를 떠나는 것을 목격했다. 언제 날갯짓을 배웠는지 꽁지를 깝죽거리며 날아오르는 것이 어디 가서 뱀한테 잡혀 먹히지는 않을 것 같다는 생각이다. 그런데 왜 그런 악몽을 꾸었는지 모르겠다.

벌써 시묘를 끝낼 때가 다가오고 있다.

그런 어느 날 익점은 손님 한 분을 맞았다.

"저를 기억하실는지요?"

"기억하다마다요."

포은이 늘 떠오르는 샛별이라던 이성계였다. 그는 형형한 눈빛으로 주변을 둘러보고는 여유롭게 말한다.

"내 이곳을 지나는데 문공 같은 분을 그냥 지나칠 수 있겠소이까?"

일부러 부하 장졸들을 다 떼어놓고 혼자 왔다며 부관 한 사람만을 거느린 이성계는 예를 갖추어 무덤 앞에 재배하였다.

"내 이곳을 탐문해 간 정보원들한테 다 들었습니다. 저들의 말이 문공처럼 강직한 충정을 가진 자가 없다 합디다."

"그 패잔병이라 속인 자들이오?"

"그랬던가요? 저들이 버릇없이 문공한테 거짓 죄를 지었군요?"

이성계는 저들을 통해 먼저 적의 동태를 살피게 하고 지방 토호들의 기강을 함께 살핀다고 했다. 적의 동태를 살피는 것까지는 이해가 가는데 토호들의 기강을 살핀다는 것은 또 무슨 말인가. 이 자에게도 또 다른 무슨 꿍꿍이속이 있었단 말인가?

"이번에 소장이 양광, 전라, 경상도 순찰사가 되었습니다."

이성계는 뚜렷이 자기소개를 하였다. 그러니 지방민들의 일거수일투족을 살필 권리가 있질 않겠느냔 은근한 과시조의 말투다. 고려 팔도 동북면, 서북면, 해서도, 경기도, 교주도, 양광도, 전라도, 경상도 중 남부지역 삼도 순찰사가 되었으면 뻐길 만도 하다.

"하여 삼도 방위책을 맡았지요."

"경하드립니다."

익점은 이성계에 대해서 익히 알고 있다. 무장 중에서는 가장 야심만만한 인물이다. 눈에 총기가 번쩍거린다. 신진사류들 중 무인이 문신과 어울리는 폭넓은 사교를 하는 자이기도 하다. 그러한 그가 무엇 때문에 이 초막까지 왕림한 것일까?

"지금 왜구들은 이 두류산을 근거로 몰려들고 있다는 정보라……."

이 지역을 순시하러 나오는 길에 일부러 들렀는데 혹시라도 폐가 되지 않았나 모르겠다는 이성계의 말이다. 말만이라도 고마운 인사다.

"순찰사께서 이런 묘막까지 왕림해주시니 더 없는 광영이지요."

"아니올시다. 문공은 이미 왜구를 나가떨어지게 했다던데요."

익점은 이성계가 활달하다는 점은 이전에 알았었지만 이렇게 사람을 휘어잡는 구석이 있을 줄은 몰랐다.

"내 평소 문공의 인품은 흠모하고 있던 바입니다."

그런데 어떻게 해서 맨손으로 왜구를 물리쳤는지 알 수 없다고 한다. 도무지 이 왜구를 붙잡아 매달 방도가 떠오르지 않는다는 것이다. 왜구들은 이제 소규모 좀도둑이 아니라 전쟁 아닌 전쟁을 선포하고 있는 실정이라 한다.

"놈들은 진포를 통해 금강을 거슬러 올라갈 작정으로 함선 5백 척을 거느리고 들어왔지요. 이 남강을 통해서도 끊임없이 밀고 들어와요."

금강 입구로 들어온 왜구들을 맞은 최무선은 화포로 적의 기선을 제압하였다. 마침내 최무선이 화약을 발명하여 대포를 만들어 쏘는 데 성공하였다. 이 위력 앞에 굴복한 적 패잔병들은 남원 운봉을 거쳐 두류산으로 들어가 노략질을 일시 멈추고 소강 상태를 보이고 있다. 이와 때를 같이하여 진주 남강과 섬진강을 통해 올라오는 왜구들의 숫자가 점점 불어나고 있다. 저들을 지원하기 위해서다. 그러니 이들을 단순한 좀도둑으로 봐선 안 된다. 이는 나라와 나라 간의 선전포고 없는 전쟁이다. 고려가 원에게 길을 내준 보복으로 고려를 치려는 수작이라는 것이다.

"이들이 집결하는 장소가 바로 남원이지요."

남원에서는 전주를 거쳐 개경으로 올라가기가 쉽다.

"그렇게 전면전을 펼칠 것으로 보십니까?"

"조정에서는 일단 그렇게 보는 겁니다."

그러니 이 문제는 보통 심각한 문제가 아니라는 것이다.

"그런데 더욱 중요한 문제는 왜구 중에 선봉장인 아지발도란 소년장수가 있는데 그는 보통 사람이 아니라는 겁니다."

이 소년장수가 나타나는 곳마다 아군은 기가 꺾이고 전의를 상실한다. 지금까지 실패한 모든 작전이 그 소년장수의 전설 때문이란다.

"불사신이라는 칭호를 받고 있다지요?"

"그를 아십니까?"

익점은 이거야말로 천우신조라는 생각이 들어 이렇게 말한다.

"그를 죽일 수 있는 방법은 한 가지 방법밖에는 없습니다."

익점은 아지발도의 왼쪽 목에 벗겨진 비늘이 있다는 것을 알려준다. 그리고 바로 그 부분을 투구 끈으로 가리고 있음도 자세히 일러준다.

"투구의 손잡이 부분을 맞추어야 한단 이 말씀이군요?"

그런 일이라면 걱정을 하지 않아도 된단다. 저번에 패잔병을 가장하고 왔었던 그가 바로 신궁 이지란이라는 자인데 백 보 밖에서 파리 눈을 맞추는 자라 한다. 이지란은 쿠란투란 티무르라는 이름을 가진 여진 사람으로 공민왕 때 제 스스로 백호를 거느리고 귀화를 해 이성계 휘하에 들어온 자다.

"그러니 투구 끈을 맞추는 일 정도야 누워 떡먹기지요."

"그렇다면 다행이겠습니다만……."

이성계는 문익점보다 여섯 살이나 아래였지만 익점은 그에게 깍듯이 대한다. 내 집에 찾아온 손님이기도 했지만 무언지 모를 위엄 같은 게 느껴져 저절로 조심스럽다. 사람에게는 사람 나름 대로의 기품과 체취가 있는 법이다.

그러한 이성계가 뜻밖의 말을 꺼낸다.

"옛 성인께서 나이 마흔이면 불혹이라 하셨다는데, 저는 아직 도 미혹됨이 많아……."

그 경지에 들자면 멀었다 하며 말끝을 흐린다. 무슨 말을 하 고 싶어서였을까? 흔들림이 없는 것은 무어고 흔들림이 있다는 것은 무언가? 미혹된다는 것은 세웠던 뜻이 흔들린다는 것일 텐데?

그가 떠나고 나자 익점은 그 말이 안고 있는 숨은 뜻을 곰곰 이 생각해본다. 흔들린다는 것은 그게 흔들리지 않기를 바란다 는 뜻일 텐데, 그 속내가 무엇이었을까? 그는 부친의 시묘살이를 하고 있을 때 삼봉이 다녀간 때를 기억해낸다. 그때도 지금과 유 사한 분위기였다. 삼봉은 알 듯 모를 듯한 말들을 했었고 결과적 으로는 신돈이 죽었고 왕도 죽었다. 왜 두 사람의 뜻밖의 출현이 흡사하다고 생각되는지 모르겠다.

그 이야기를 하기 전에 이성계는 남해 보광산 이야기를 했었다.

"내 거기 대장봉에 올라가 기도를 했지요."

보광산은 남해 바다를 향해 솟은 암봉이다. 기암괴석들로 가 득 찬 이 산의 정상에 문장봉과 대장봉이 있다. 그 바위들 아래 신라 원효대사가 세운 보리암이 있다.

"그 산에 이상한 글씨가 새겨진 '글씽이바위'가 있습니다. 진시황제가 보낸 사신들이 적어놓은 글이라는데……."

진시황제는 중원 천지를 통일했다. 그러고는 천년 만년 살고자 불로초를 구하러 동방으로 사신들을 보냈다. 사신들은 동방의 끝머리쯤인 남해에까지 와서도 불로초를 구하지 못하자 보광산 바위에다가 그 사연을 적어놓고 어딘가로 사라졌다 한다.

"그들이 뭘 생각했을까요?"

황제의 명령인 불로초를 구하지 못했으니까 돌아가도 죽고 안 가도 죽는다. 그럴 바에야 차라리 변복을 해서 어디론가 잠적을 해버렸다는 것이다.

"그 자가 서시라 했든가요?"

"맞습니다. 그가 쓴 글씨가 '서시과차'지요."

이성계가 무슨 뜻으로 진시황제의 이야기를 꺼냈을까? 그저 단순한 이야깃거리로 말했을 것인가? 한강 이남 삼도라면 한강 이북의 오도와 맞먹으니 고려 땅의 절반이다. 이러한 국토의 방위를 맡은 책임자가 무슨 할 일이 없어서 남의 묘막을 찾아와 실없는 소리를 하고 있었을 것인가?

"문공께서 이렇게 시묘를 하시는 걸 보니까 떠오르는 생각이 있습니다. 그 요승이 말입니다."

요승이라면 신돈을 일컬음이 아닌가?

"고려를 말아먹으려 들었지요."

그래서 요승을 물리치긴 했지만 아직도 그 잔재가 남아 있다는 것이었다. 그 잔재라면 우왕을 말함이 아닌가? 그렇다면 우왕까지도 마음에 들지 않는다는 이야기 아닌가? 어떻게 요승의 아들이 나라를 다스릴 수 있을 것인가? 이성계는 공공연히 그 점을 지탄했다. 똑같이 반대를 하던 경복흥은 유배를 보냈는데 이성계는 무사하다. 항상 외직으로 나도는 무장이기 때문에 이인임의 힘 정도로는 함부로 건드릴 수 없어서였다는 게 중론이다.

이성계는 보광산에 올라 기도를 하던 중 계시를 받았다고 했다.

"보광이 뭡니까? 광명정대한 빛이라는 뜻 아닌가요?"

온 누리를 비추는 빛은 광명정대해야 한다. 이성계는 그 특유의 달변으로 군주의 자격에 대해 말했다.

"진시황제는 힘이 있었지요. 그래서 황제란 칭호를 얻는 데 모자람이 없었던 게지요."

익점은 두서없이 말한 이성계의 이야기들을 다시 정리해 맞춰 본다. 결론은 하나다. 힘 있는 자가 나라를 다스려야 한다. 지금의 군주는 힘이 없다. 그러니 무슨 변화가 있을 것이다. 이 무슨 야무진 꿈인가?

그러면서 그는 은근슬쩍 지나가는 말투로 삼봉 정도전이 이곳을 들렀다 갔던 이야기를 꺼냈다.

"그때는 부친상을 당해 시묘를 할 때였지요?"

부친 시묘를 하고 또 모친 시묘살이를 겹쳐서 한다는 것은 여간 일이 아니라며 몸조심을 당부하였다. 그래야만 좋은 세상 만나 다시 함께 일할 수 있으리란 여운을 남겼다.

익점은 또다시 무슨 변혁이 뒤따를 것임을 예견한다.

그러나 이제 그 모든 일들이 다 남의 일처럼만 느껴진다. 이제는 세상이 어떻게 돌아간다 해도 상관없다. 어제의 동지가 오늘의 적이 되고 오늘의 친구가 내일의 적이 되는 권력의 세계에 대해서 그는 깨끗이 잊기로 한다.

얼마 뒤 이성계는 황산전투에서 왜구를 섬멸시키는 혁혁한 전공을 세웠다. 들리는 바에 의하면 이성계가 활을 쏘아 아지발도의 투구를 벗겨내자마자 이지란이 왼쪽 목덜미를 명중시켰다는 것이었다. 이로써 자칫 전쟁으로까지 치달을 뻔했던 나라의 골칫덩어리 왜구는 완전소탕이 되었다.

이 공로로 이성계는 찬성사로서 동북면도 지휘사가 되었다. 그야말로 승승장구다. 그는 또 함경도로 침입한 호바투를 격퇴한 공으로 동북면 도원수 문하찬성사로 고속 승진하였다. 이제 이성계의 세상이 열리게 된 것이다. 이 무렵 익점은 시묘살이를 끝냈다.

그러나 익점에게는 이 모든 나라 일들이 세속의 일처럼만 느껴지는 것이었다.

그에게는 오로지 자연과 가족들이 있을 뿐이었다.

12

삼우당 실기

익점은 이제 머리가 희끗희끗해진 모습으로 대청마루에 앉았다.

마당에는 하얀 솜뭉치들이 수북수북 쌓여 있고 씨아를 돌려 씨를 빼는 사람, 솜을 타는 사람, 물레를 돌리는 사람, 실을 매는 사람, 구석구석 일하는 사람들로 분주하다.

벌써 목화씨를 들여온 지가 이십 년도 더 된 것 같다.

그동안 많은 곳에서 면화경작을 했고 의복에 일대 혁신을 일으켰다. 그런데도 익점은 아직 성이 차지 않는다. 보다 많은 사람들, 일반 서민들이 이를 가꾸고 베를 짜 따뜻하게 입어야 할 터인데도 일은 저들이 하고 돈벌이는 지주들이 하는 꼬락서니를 차마 볼 수가 없다.

그는 몇 번이고 이래서는 안 된다고 말했지만 언로가 없다. 시골구석에 농사나 짓는 그로서는 도무지 역부족이다. 도대체가 누구 한 사람 귀 기울여 들어주는 자가 없다. 언로가 막혀버린 곳에 무슨 수가 있을 것인가? 나만 잘 먹고 잘 산다면 상관이 없다. 그도 먹고 살 만큼은 있는 지주다. 그렇지만 과다한 조세에 시달리는 농민들을 보면 농민들의 생활 보장이 시급함을 통감한다.

그때 마침 익점은 왕의 부름을 받았다.

이성계는 우왕을 내쫓고 그의 아들 창왕을 내세웠는데 나이이제 겨우 열 살이었다. 그러니 왕은 허수아비에 불과하였고 실권은 이성계가 쥐고 있었다.

"내 다시는 벼슬길에 오르지 않으려 했건만……."

이번만큼은 특별히 올라가 농민들이 농사를 지을 수 있는 길을 마련하겠다고 벼른다. 십 년 넘게 처박혀 있던 시골 생활이 아니던가? 이제 실제로 이 나라 이 백성들에게 뭘 어떻게 해줘야잘 살 수 있는지를 몸소 체득한 뒤다. 이제 다시 기회가 주어진다면 올라가, 땀 흘려 일하는 농민들을 위한 농민들의 나라를 만들 것을 굳게 다짐하는 그였다.

집안 식솔들도 익점의 이러한 결정에 희색이 만면이다. 그동안 주변 사람들의 눈총이 이만저만 따가운 게 아니었다. 벼슬길에 있던 사람이 농사일이나 하고 있으니 무지렁이로 취급하는 것은물론이고 나라에 큰 불충을 하고 쫓겨난 죄인인 줄 아는 사람들도 있었던 것이다. 그중에서도 지방 관아에 있는 관리들의 괄시가 이만저만이 아니었다.

익점이 다시 환로에 오른다 하니 이들이 먼저 달려와 말구종을 잡는 부산을 떨었다.

"영감 감축드리옵니다."

"다시 환로가 트였소이다."

개성에 당도한 익점은 뜻밖에도 삼봉의 마중을 먼저 받았다.

삼봉은 이제부터 할 일이 많다는 이야기를 함으로써 은근히 그 자신이 익점을 천거하였음을 내비친다.

"이제부터 할 일이 많을 테니 오늘은 푹 쉬시고."

내일부터 당장 직무에 임하라는 지시 아닌 지시였다. 삼봉도 이제 옛날의 삼봉이 아니었다. 조정의 실권자였다.

익점은 좌사의대부 우문관제학 서연동지사를 제수받았다.

다음 날 익점은 목은과 포은을 찾아 인사를 나누었다.

포은은 언양에서 만난 후 처음인지라 얼싸안고 그를 반겼고, 목은은 무언가 약간 불안해하는 눈치다. 그러면서도 궐내 소식을 전한다.

"그동안 무슨 일이 있었는지 알아?"

"촌사람이 뭘 알겠어?"

목은은 이성계가 위화도에서 회군을 해 온 이야기를 한다.

"자네 없는 동안 고려 궁궐은 친원파에서 친명파로 넘어갔다가 다시 친원파로 돌아서는 우여곡절을 겪었지."

때를 같이하여 명나라에서는 쌍성총관부를 영유하기 위하여 철령위를 설치하려 했다. 이를 저지하기 위하여 조정에서는 요동 정벌을 하기로 결정했다. 찬반양론이 있었지만 최영을 팔도도통사로 삼고 이성계를 우도도통사, 조민수를 좌도도통사로 삼아 출병을 강행시켰다.

그러나 요동정벌 자체를 반대했던 이성계는 압록강 하류인 위화도에 이르러 진군을 멈추었다.

"도저히 불가한 일이야."

이성계는 좌도도통사 조민수를 불러 군사를 돌려 되돌아갈 것을 종용하였다. 그는 다섯 가지 불가론을 제시한다. 그 첫째는 작은 나라가 큰 나라를 거스르는 것은 옳지 않다. 둘째, 여름철이라 군사동원에 부적절한 시기다. 셋째, 요동을 공격하는 사이에 남쪽으로 왜구가 쳐들어올 염려가 있다. 넷째, 비가 와 활에 칠한 아교가 녹아내려 활을 무기로 쓸 수가 없다. 다섯째, 병사들에게 전염병이 돌 우려가 크다.

이들은 곧 상소문을 작성하여 파발마를 띄웠다. 장계를 받아 본 조정에서는 이를 무시하고 진격을 강요하였다.

이성계는 말머리를 돌렸다.

이 소식에 놀란 최영은 이를 저지하려다가 오히려 붙잡힌 바, 되레 귀양살이를 가 목숨을 잃었다.

"그래서 왕을 갈아 치운 건가?"

"우왕은 혈통이 다르다는 것이지."

"그렇다면 창왕은 적통인가?"

창왕은 우왕의 아들로 시중 이림의 딸을 근비로 맞고 있는 열 살짜리 아이다. 이래 치나 저래 치나 적법한 혈통은 아니다.

목은은 그 입을 바짝 익점의 귀에 갖다 대고 이렇게 속삭인다.

"이제 창왕의 날도 머잖았다네."

이성계는 또다시 다른 꿍꿍이속을 대고 있다는 것이었다. 모든 실권을 다 쥐고 있으면서도 권력 이상의 것을 바라고 있다. 권력 이상의 것이라면? 직접 왕좌에 오르고 싶어 한다는 뜻일 터였다. 익점은 여막을 찾아왔던 이성계를 떠올리곤 능히 그러고도 남을 위인이라는 생각을 한다.

"이성계의 오른팔이 누군지 알아?"

목은이 익점의 팔을 끌고 한적한 곳으로 가며 말한다.

"조준과 정도전이야."

삼봉은 익히 아는 인물이지만 조준은 누구인가? 우왕 즉위 당시 문과에 급제하여 환로에 올랐다. 허금과 함께 우왕을 폐위하려는 모사를 꾸미며 이성계 일파로 하여금 밀직사지사사 겸 대사헌의 자리에 껑충 뛰어올랐다.

"자네를 부른 자가 정도전이니……."

모르긴 몰라도 틀림없이 저들과 함께 일을 해야 할 것이라는 목은의 우려였다.

"내가 올라온 목적은 단 하나뿐일세."

익점은 가난한 농민들에게 일할 기회를 주어야 한다는 이야기를 한다. 그러기 위해서는 농민이 농토를 가져야 한다는 것이다. 그 일만 끝나면 다시 내려가 농사를 짓겠다는 소박한 꿈을 펼쳐 보이는 익점을 포은은 안타깝다는 듯 바라본다.

"이 사람아. 앞으로 어떤 회오리가 몰아닥칠지 모르는데 그런 안일한 생각이나 하고 있자는 겐가?"

"안일하다니?"

익점은 나라가 잘되려면 백성들이 마음 놓고 자기 일을 할 수 있어야 한다는 주장을 편다. 그러기 위해선 농토가 골고루 배분되어 실제로 일하는 사람들에게 주어져야 한다고 한다. 지금 실정으로선 아무리 일을 해도 세금으로 다 빼앗기고 남는 것이 하나도 없다는 이야기다. 조세율이 칠 할이 넘는 경우도 있다 한다.

"그걸 누가 모르나? 그게 골고루 분배가 안 되니까 탈이지."

그게 왜 그런가? 법이 없어 안 되나? 이미 수차례에 걸친 전제 개혁이 있었고 그때마다 법이 만들어졌었다.

"권문세도가가 그걸 안 내놓으니 문제 아닌가?"

그건 그렇다. 법 위에 앉아 있는 세도가들이 땅을 안 내놓으니 법이 무슨 소용인가? 그걸 결행할 힘이 필요한 것이다. 신돈이 이를 실행하는 듯했으나 비운의 주인공이 되고 말았다.

"이제 그 일을 다시 결행할 인재를 찾는 게야."

그 일에 동참할 인물로 지목돼 올라왔으니 처신을 잘하라는 목은의 당부인 것이다. 그 일 자체는 좋은데 저들의 하는 짓들이 너무 과격하고 급진적이란 게 목은의 우려였다.

"그럼 내가 어떻게 처신했으면 좋겠나?"

익점은 오랜 친구로서 또는 동료로서 묻는다.

"인륜에 어긋나지만 않으면 된다 생각하네."

인륜이란 가장 평범한 진리다. 사람이 이 가장 평범한 진리에 입각해 살기가 그렇게 어려운가? 사람이 사람답게 살 수 없는 게 정치판이다. 이들은 둘 다 이 현실을 너무나 잘 알고 있다. 그래서 두려운 것이다. 인륜에 어긋나지 않게 살고 싶은 것이다. 정치에는 이기느냐 지느냐, 죽느냐 사느냐가 있을 뿐이다. 수구적인 자세는 살아남지 못한다. 오로지 공격만이 있을 뿐인 것이다. 이 경우 문신은 무인보다 약하다. 이것저것 생각하다 보면 언제나 무인이 먼저 치고 들어온다.

익점은 목은이 예상했던 대로 이 급진파들과 일을 함께하기는 했지만 뜻대로 되는 건 하나도 없었다. 명색이 전제개혁인데 이건 얼토당토않은 개혁이다. 벌써 옛날에도 시도했던 문제다.

"권문세가가 독점한 농장들을 빼앗아 토지를 재분배해야 한다."

이 말은 맞다. 권문세도가들이 가진 땅은 산천을 경계로 할 만큼 방대해졌다. 아무리 녹봉 대신 받은 땅이라 하지만 이렇게 비대해질 수는 없는 것이다. 나라에서 땅을 배분해주는 경우는 여러 가지 갈래가 있다. 국가에 큰 공을 세운 공신들에게 주는 공신전, 중앙관아의 관리들에게 주는 공해전, 지방 관아에 내려지는 능전, 교육기관에 내려지는 학전, 절에 내려진 사원전 등이 그

것이다.

그런데 이는 명목뿐, 대부분의 토지는 절이나 몇 사람 권문세도가들 손으로 넘어가 독과점품목이 돼버린 상태다. 그러니 나라는 궁핍할 수밖에 없고 백성들은 굶주릴 수밖에 없게 되었다. 이러한 문제의 발단은 그 장본인의 사망 시 반환하기로 돼 있는 땅이 제대로 환수 되지 않고 멋대로 매매가 되기 때문이기도 했다. 사망 시 반환하지 않아도 되는 땅으로 과부들에게 주어진 수신전과 고아들에게 주어진 휼양전 같은 것들이 있었는데 이들 땅 대부분은 이들이 지키지 못하고 권문세도가들 손으로 넘어가게 돼 있었다.

누구의 토지를 빼앗아 누구에게 배분하는가가 문제다. 일단 그 빼앗아야 할 대상자를 보자. 조정 벼슬을 안 하고 있는 자와 군문에 입대 하지 않은 자가 그 첫째 대상이다. 그러니까 윗대 선조가 벼슬을 할 때 얻은 토지 소유자가 현재도 그걸 이어받아 사용하고 있는 자들을 말함이다. 이는 벼슬을 그만두었거나 잃은 자들이다. 여기에는 상당수 귀양을 가거나 극형을 당한 자들의 후손들이 포함되어 있다. 다시 말하자면 정권이 바뀔 때마다 쫓겨난 후손들이 이에 해당된다.

군문에 입대하지 않은 자란 무엇인가? 권문세가들의 자제들이 무슨 핑계를 대든지 간에 병역의 임무를 회피한 경우가 많았으므로 이들의 재산을 몰수하자는 것이다.

일단 빼앗는 자들에 대한 대상 선정은 이의가 없을 일이다. 그런데 그 토지를 다시 배분받아야 할 사람들은 누구인가? 여기에서 익점은 벽에 부딪친다.

저들이 내세운 계획은 이렇다.

첫째는 국가정책을 보호하는 데 이 농토들이 사용되어야 한다. 이는 누가 들어도 옳은 일이다. 수확물의 일부를 조세로 거둬들여 국가재정에 사용한다. 누가 이를 반대할 것인가? 사사로이 소유했던 사전을 압류해 국가재산으로 삼는다는 데에는 이의가 있을 수 없다.

그러나 그다음을 보자. 신진관료 생활 보장, 농사 생활 보장, 군량미 조달, 국가지급 토지 매매금지, 십 분의 일 공조율 실시 등등 말은 좋다. 그동안 농사를 지은 농민들에게 턱없이 많이 거둬들이던 조세율을 열에 하나로 균등하게 정한다면 실제 소작꾼들의 불만이 없어질 것이요, 그 돈으로 국방비를 충당하면 억지로 내놓아야 하던 군량미 조달 같은 공출도 없을 것이며 나라가 준 땅을 사사로이 팔아먹지 못하게 하면 이 또한 전부 나라재산이니 나라가 부강해질 것은 틀림없는 사실이다.

그런데 그 땅으로 신진관료 생활 보장이란 건 무언가? 우선 신진관료란 누구를 뜻하는 것인가? 새로운 힘을 업고 입신한 현직 관리들을 뜻하는 말이 아닌가? 더 쉽게 말하면 지금 현재 나라의 녹을 받아먹고 사는 관리들의 임금을 높여주자는 뜻이 아닌가? 이 말을 더 쉽게 풀이하면 이전의 관리들 손아귀에 있는 농지를 빼앗아 지금 관리들이 나눠 먹자는 이야기에 다름 아닌 것이다.

"이건 눈 감고 아웅하기야."

익점은 저들의 이 교묘한 수법에 놀라지 않을 수 없었다.

그는 포은을 만났다.

"이게 어찌 되는 판국인가?"

"적수공권이니 무엇으로 채우든지 빈손을 채워야 하지 않겠나?"

누구나 권세를 잡으면 사리사욕을 먼저 차리게 된다는 이야기다. 신진사대부들은 대개가 가진 게 없다.

"그러니 나도 먹고 살아야 한다?"

"그렇게 나쁜 뜻으로 단정 지을 수는 없지."

그래도 점진적 개혁을 통하여 평정을 되찾을 수 있다고 믿었다.

그러나 신진사대부들 중에서도 급진파들은 하루아침에 일을 개혁하지 않으면 안 된다는 혈기들을 가졌다. 그러다 보니 자신들 역시 재력이 필요하단 걸 인식하기에 이른다. 그러니 일단은 필요한 만큼 긁어모으자. 그러면 무슨 개혁이냐? 이전의 썩어빠진 정치인들하고 다를 바 없다.

포은은 이를 반대하고 나섰다.

익점의 생각도 마찬가지다.

"그러니 저들이 뭐라 한 줄 아나? 우물쭈물 용맹 없는 훈구파라는 게야."

포은은 그래서 저들에게 밀려났다.

신진사류들이 훈구파와 급진파로 나누어진 연유다.

이미 이런 판국에 뛰어든 익점은 또다시 앞이 캄캄하다. 역시 못 올 곳을 온 것이다.

"저들이 왜 재력이 필요하지?"

"새로운 왕국을 꿈꾸는 게지 뭐."

새로운 왕국이라면? 이성계의 역성혁명을 예언하는 표현이다. 포은의 표정은 깊은 어둠에 가려져 있다.

익점은 처음 목은에게서 발견했던 불안, 초조감 같은 것이 포은에게는 어둠 같은 것으로 느껴진다는 생각을 해본다.

"새로운 왕국이라면?"

"역성혁명인 게지."

포은은 이성계와 함께 황산전투에 종사관으로 참여했던 이야기를 한다.

"황산벌 전투에서 아지발도를 꺼꾸러뜨린 이성계는……."

전주에 이르러 큰 잔치를 베풀었다. 전주는 본시 이성계의 본관인지라 혈족들이 전부 나서 환영을 하였다. 여기 오목대에 올라 그는 큰 소리로 대풍가를 불렀다.

대풍이 일어나니 구름이 날리도다
위력이 해내에 더하여 고향에 돌아오다
어쩌든지 맹사를 얻어 사방을 지키리라

이 시가 누구의 어떤 시인가? 한나라 고조 유방이 왕이 되기 전에 자기 고향을 지나치다가 동네 사람들을 불러놓고 부른 노래다. 사방은 국경을 지키는 일이라 일개 장수가 할 일이 아니라 나라 임금이 해야 할 걱정인 것이다. 일개 장수가 임금이 해야 할 걱정을 한다는 것은 역성을 의미하는 것으로 이 시는 그러한 뜻을 내포하고 있다.

포은은 이 노래를 듣고 야심에 찬 이성계의 속셈을 꿰뚫어보고 그 길로 말을 달려 만경대에 올라 눈물을 뿌리며 홀로 우국시를 지었다.

천길 높은 산에 비낀 돌길을
홀로 다다르니 가슴에는 시름이여
청산에 깊이 잠겨 맹세턴 부여국은
누른잎 휘휘 말려 백제성에 쌓였네
9월 바람은 높아 나그네 시름 깊고
백년의 호탕한 기상 서생은 그르쳤네
하늘가 해는 기울고 뜬구름 마주치는데
하염없이 고개 돌려 옥경만 바라보네

포은은 고려의 앞날이 걱정이라며 언제 한번 옛 벗들 불러 모아 술이나 한잔하자고 한다.

"그런데 그 이야기를 왜 이제야 하는가?"

진즉 이야기를 했던들 무슨 소용이 있었겠는가? 국운이 다하면 역성혁명이 일어나기 마련인 것을. 이제는 어디다 붙들고 하소연을 할 데도 없는 지경이다. 산이 있어야 기댈 언덕이 생기질 않겠는가.

"이미 늦은 게야."

속수무책이란 말을 이럴 때 두고 하는 말이라는 포은이 뼈 있는 말을 남긴다.

"그래도 사람들을 한번 모아봅시다."

"그럴 테요? 하기야 노른자위에 앉은 사람이니까……."

이건 또 무슨 말인가? 익점을 노른자위에 앉은 사람이라니? 포은도 익점을 급진파에 속한다고 생각하는 것인가? 그래서 다시 중용되었다고 생각하는가? 하기는 그 속에서 저들과 함께 일을 하고 있긴 하다. 그렇지만 익점의 생각과 저들의 속셈은 전혀 다른 것들이었다. 익점은 농민의 땅을 농민들에게 나눠줄 것을 주장했고, 저들은 그러자 하면서도 딴전을 피우며 그런 일은 있을 수 없다고 코웃음이다. 농민들이 뭘 알 것이냐? 저들은 영원히 일하는 노동자에 불과한 존재라는 불변의 신분을 내세웠다.

그날 밤이었다.

아직까지도 같은 주제의 논쟁이 계속되고 있다.

"어디까지나 나라의 주인은 백성들이오."

"그건 차후의 문제요. 지금은 자금이 필요한 때요."

"자금은 무슨 자금?"

"새 나라를 건설해야 한단 말이외다."

삼봉은 대의를 품어야 한다고 말한다. 드넓은 천지로 나아가야 한다고 역설한다. 새 술은 새 부대에 담아야 한다. 구태의연한 의지로는 새로운 세상을 만들 수 없다 한다. 삼봉은 전제개혁의 목적을 새 세상에 두었다. 새 세상이란 백성들이 아니라 새 세상을 만든 자의 몫이라는 이야기였다.

"내 동지사의 말뜻을 모르는 바 아니오."

농사짓는 농민들에게 땅이 골고루 돌아가 저들이 마음 놓고 농사를 지어 평화로운 나라를 만들자는 뜻은 알겠지만 우선 급선무가 있다. 그러자면 먼저 굳건한 반석 위에 올라앉은 나라가 있어야 한다. 그러한 나라를 만들자면 그 터전부터 다시 다져야 한다. 그러기 위해서는 압류한 땅이 우선적으로 필요하다. 그 땅을 팔아 새로운 도성을 건설해야 한다.

"이미 이 땅의 기운은 쇠약할 대로 쇠약해져서 버려야 합니다."

삼봉은 도선의 비기를 내세운다. 이제는 개성시대가 끝났다는 것이다.

"새로운 기가 필요합니다."

포은의 짐작이 맞았다. 이성계는 역성혁명을 꿈꾸고 있는 것이 확실했고 정도전 같은 이가 그 초석을 놓고 있는 게 분명하다. 아무도 이를 말릴 사람이 없다. 이미 안팎의 권력을 다 장악한 이들을 누가 말릴 것인가.

익점은 일이 뜻대로 되지 않음을 깨달았다.

"이대로 가다간 역사에 천추의 한을 남기고 말 게야."

길이 역사에 오점을 남길 게 자명한 일이다.

익점은 일이 잘못되어가고 있음을 호소하는 상소문을 올렸다. 삼봉은 너무 앞서가서 그렇다 치더라도 다른 조정 대신들 중에는 그래도 정신 똑바로 박힌 이가 있으리라고 믿었기 때문이었다. 또 아무리 섭정을 받는 어린 왕이라 할지라도 그만한 분별력이 없을까?

그러나 익점은 조준의 탄핵을 받았다.

"뭣이라? 겨우 불러올려놨더니 이 따위 상소를?"

조정이 이미 저들 급진 세력의 손아귀에 들어가 있었고 훈구파로 몰린 익점은 어찌할 도리가 없음을 깨달았다.

까마귀 우는 곳에 백로야 가지마라.

익점은 아무런 미련 없이 낙향했다.

"이상적인 정치란 없는 게야."

그는 집안 식솔들을 불러놓고 이렇게 말한다.

"사람이 사람답게 사는 일은 그 벼슬의 높낮이에 있는 것이 아니라……."

사람의 도리를 다 하는 것이다. 사람의 도리란 무엇인가? 인륜을 저버리지 않고 자연과 더불어 사는 일이다. 자연은 누가 시키지도 않았는데도 사철을 알려주고 심은 대로 거두는 수확의 보람을 준다. 이 순리에 따르면 거짓됨을 뿌리칠 수 있다.

그는 이순의 나이임에도 불구하고 들에 나가 일하고 그 틈틈이 책을 읽고 때로 명상에 잠겨 시를 읊조리는 나날을 보낸다.

그 사이 또 왕위가 바뀌었다.

이성계는 창왕을 몰아내고 공양왕을 내세웠다.

이제는 아주 당당하게 그 자신이 드러내놓고 표면에 나섰다.

공양왕은 이름을 요라 했다. 신종의 7대손으로 정원부원군 균의 아들로 비는 창성군 진의 딸 순비 노씨였다.

이성계는 이제 천하에 두려울 것도 감출 것도 없는 자리에 올랐다. 그 스스로 수시중 도총중외제군사가 되어 군수권과 행정권을 한손에 잡았다. 이제 대내외적으로 합당한 명분이 서는 구실을 붙여 왕위를 찬탈하는 일만 남았다.

이성계가 다시 익점을 불렀다.

익점은 부름에 사양의 뜻을 표하였다.

이성계는 이제 지지 않고 왕명으로 그를 불러올렸다.

익점은 하는 수 없이 명을 받들 수밖에 없었다. 그에게는 좌사의대부 우문관제학 서연동지사 겸 성균관대사성이라는 기나긴 관직이 제수되었다.

"내 일찍이 공의 힘을 입어 왜구를 토벌한 기억이 아직도 생생하오. 그러니 이제는 공과 같이 더불어 나랏일을 상론하고 싶소."

익점은 간곡히 청한다.

"이제 저 같은 늙은이는 더 할 일이 없을 줄 압니다."

젊은 인재를 등용하라는 말을 한다.

"구관이 명관이란 말이 있잖습니까? 어찌 제 권유를 뿌리치려고만 하십니까?"

이성계는 이제야말로 새 세상이 올 테니까 그날을 함께 만들어보자고 한다. 익점은 하는 수 없이 이를 수락하고 말았다. 마지막으로 다시 한 번 나라를 위해 일해보겠다는 새로운 각오를 다지면서.

그는 목화의 중요성과 그 보급에 대한 대책을 세워달라고 건의를 하였다. 이로써 목화의 재배면적을 넓히고 이에 대한 조세부담을 줄이는 등 국가적인 지원책이 논의되었다. 목화를 재배하는 농가에 대해서는 특별지원을 하고 짠 베는 나라에서 전량 수매를 한다는 것 등이다.

그러나 이러한 일들은 크나큰 새 나라를 꿈꾸는 저들에게는 아직은 실현단계가 아닌 저 먼 나라의 허상이었다. 실제로 실행된 일은 하나도 없다.

"일에는 우선순위란 게 있질 않겠습니까?"

삼봉은 머잖아 온 강토에 목화송이가 필 것이고 솜으로 누빈 옷을 입는 날이 올 테니까 기다려보라 한다. 그날이 오면 익점을 목화대신으로 추대해 올리겠다는 농담까지 한다.

"기다려보세요. 그 일이 뭐가 그리 급하신가요? 그보다 더 좋은 일이 얼마든지 있을 텐데요?"

삼봉은 이제 대놓고 한양천도를 논했다. 벌써부터 계획된 일이라 했다. 이미 무학을 보내 궁궐터를 알아보고 있는 중이란다.

"자손대대로 번영할 일일 겝니다. 두고 보세요."

그러나 익점은 다시 환멸을 느끼기 시작한다. 모든 건 그대로였고 무슨 일이건 저들 마음대로였다. 무엇이 새 세상이고 무엇이 바뀌었단 말인가? 아무것도 바뀐 건 없다. 오히려 혼란만 가중될 뿐, 권세 잡기에 급급한 세상이 되었다.

"아, 세상이 어찌 이리 돌아가나?"

익점은 혼자 궐문을 빠져나가 보제사에 들렀다. 꼭 할 일이 있었던 건 아니지만 지나간 날들이 주마등처럼 떠오를 땐 가끔씩 들러 마음의 위안을 삼곤 하는 곳이다. 그동안 세월을 말해주듯 팽나무 한 그루가 넓은 팔을 벌리고 그를 맞아준다. 처음 이곳에 들렀을 때는 아직 자그마한 나무였었는데 지금은 아름드리 큰 고목이 되었다.

송악산이 저 멀리 보인다. 그 위에 올라 청운의 큰 뜻을 품던 때가 엊그제 같은데 벌써 이순이다. 공자는 사람 나이 예순이면 귀가 순해진다 하여 나이 육십을 이순이라 하였다. 모든 듣는 것을 바람처럼 흘려버리라는 이야기다. 그럼으로써 남의 말을 함부로 하지 말라는 경고의 뜻도 담겨 있을 것이다.

귀를 순하게 해야 될 이순의 나이에 뭘 더 바랄 것인가? 그간 온갖 오욕의 세월이 한갓지다는 생각이다. 절이 싫으면 중이 떠난다고, 떠나버리면 그만인 것이다. 떠나서 조용히 살자. 이제야말로 벼슬살이를 마지막 정리할 때라 작정하는 그였다. 벌써 몇 번이나 시도했던 낙향이었다.

그러한 그의 눈에 한 여인이 들어온다. 언젠가 젊어 한 때 그 뒷모습만 보고 따라갔던 만두집 여인이다.

"아직도 살아 있을까?"

뒤이어 저 운남 땅 로구호 여인천하 여인도 떠오르고 목화의 모습도 눈에 삼삼 어려온다. 이런 날은 이렇게 그냥 지나치는 게 아니다. 저들을 위해서 염불이라도 외고 가는 게 도리다.

그는 뜰을 올라 대웅전 안으로 들어간다.

"관세음보살 나무아미타불……."

그는 초를 켜고 절을 올린다. 먼저 앵두의 극락왕생을 빌고 어디서 어떻게 되었는지도 모를 목화를 위해서도 복을 빈다. 인생은 서로 얽히고설킨 인연의 끈으로 묶여 있다. 이 실타래를 잘 풀어야 마음의 평정을 얻는다. 이 평정이야말로 축복이다. 마음이 어지러우면 똑바로 살 수가 없다.

"저는 이제 다시는 개경에 올라오지 않을 것입니다."

그는 나직이 혼자 소리를 내어 부처님 전에 고한다. 이것으로 끝이라는 이야기다. 모든 공직생활을 청산한다. 이제는 정말이지 농사나 짓고 살리라는 각오를 부처님 전에 약속하는 그였다.

익점은 다시 궁으로 돌아가 사직서를 올렸다. 건강이 좋지 못하다는 이유를 내세웠다. 잡는 이도 없었다. 그를 불러준 이성계를 만나지 않은 채 낙향하는 게 마음에 걸렸지만 그대로 뒤돌아섰다.

"이제는 저세상에서나 보려나?"

포은과 목은은 옛정을 잊지 못하여 눈에 눈물이 그렁그렁하다. 돌아가 쉴 곳이 있으니 부럽다고 하는 이들도 있다.

"우리도 언젠가는 돌아가리."

집으로 돌아온 익점은 초옥을 지어 들어앉으며 당호를 삼우당이라 하였다. 삼우(三憂)란 세 가지 근심 걱정이란 뜻으로, 국운의 쇠약함과 학문이 제대로 전해지지 못함과 자신의 도의 미 확립에 대한 자탄이다.

그는 식솔들을 불러놓고 이렇게 말한다.

"내 일찍이 나라를 위해 큰일을 해보려 했으나 이루지 못했다. 국운이 너무 쇠했다. 이는 학문이 바로 서지 않았기 때문인데 그 일을 맡았던 나의 불찰이 크다. 기회가 있을 때 바로잡았어야 했는데 시기를 놓쳐버린 것이다. 이 모든 일이 내 도가 확립되지 못한 소치이니라."

지금부터라도 그 도를 확립하기 위하여 학문에 정진하려 하니 그리 알라는 것이었다.

이날로 익점은 주야로 글 읽고 묵상하고 하늘과 바람을 벗 삼아 홀로 거닐었다.

"할아버지."

그는 가끔씩 찾아오는 손자들과 어울려 이런저런 이야기들을 나누기를 즐겼다.

"이 세상은 어떻게 생겼어요?"

"그놈 참 맹랑한 질문을 하는구나?"

세상이 어떻게 생겼냐고? 이 세상은 알 수 없는 기운으로 가득하다. 그 알 수 없는 기운이 흘러 이성을 만든다. 마치 마음이 있되 그 마음을 볼 수 없는 것처럼 그 이성이란 것은 만질 수도 볼 수도 없다. 그렇지만 엄연히 존재한다.

"사람은 이 이성이란 놈하고 함께 사는 게야."

그런데 이 이성이란 놈은 심술궂어서 때로는 선했다가 또 때로는 악해진다. 그래서 사람은 선할 때도 있고 악해질 때도 있다.

"그러면 그 이성이란 놈은 어디 사는데요?"

"이성이란 놈이 어디 사느냐 하면 사람 몸속에 살지."

그는 갑자기 아이를 간지럽히면서 그 몸속에 이성이 존재한다고 가르친다. 아이가 까르르 웃는다.

"거 봐, 즐거워서 웃지?"

그 웃는 웃음은 선이라 한다. 반대로 짓궂게 화를 낸다거나 남에게 모진 일을 하는 것을 악이라 한다.

"그럼 웃는 게 좋아, 화내는 게 좋아?"

아이는 물론 웃는 게 좋다고 한다. 그는 그렇게 살아야 한다고 가르친다. 사람은 항상 웃는 낯으로 살아야 한다. 그게 선이다. 웃음은 어디서 오는가? 선행을 했을 때 찾아온다. 선행은 무언가? 실천이다. 무엇에 대한 실천인가? 양심이 시키는 대로 하는 것이다. 양심은 어디 있는가? 마음속에 있다. 그 마음은 무엇으로 알 수 있는가? 그리고 양심과 비양심은 어떻게 구분 짓는가?

"양심이 시키는 대로 하면 마음이 편안해져. 반대로 양심이 허락하지 않은 일을 하면 불안함이 생긴다."

그런데 양심이 무뎌지면 그 불안함을 못 느낀다. 불안함조차도 못 느낄 정도로 양심이 불량해지면 더 이상 인간이 아니다.

"인간과 짐승이 다른 점이 여기 있단다."

인간에게는 양심이 있어, 할 일과 하지 말아야 할 일을 구분 짓게 하지만 짐승에게는 그게 없다. 제 하고 싶은 대로 한다. 그래서 먹고 자고 싸운다.

그는 이 모든 걸 움직이는 기운이라는 게 있다는 이야기를 한다.

"사람의 마음속에 이라는 것이 있지? 그 이를 불러일으키는 기란 놈이 또 있다 이 말씀이야."

기는 만물을 생성시키는 근원이다. 봄이 오면 죽었던 뿌리에서 새순이 돋고 새 잎이 피듯이 만물을 일깨우는 기운이 존재한다. 이 기운은 우주만물을 생성시킬뿐더러 사람의 마음속에 있는 이까지도 일깨우는 역할을 한다.

"아이들이 그런 말을 알아들어요?"

귀밑머리에 하얀 서리가 내려앉은 할머니 송이다.

"임자도 이리 와 앉아보구려."

"나한테도 더 가르치실 게 남아 있어요?"

"임자가 알아야 할 게 한 가지 있소."

익점은 여태껏 말하지 못했던 한 가지 비밀이 있었다며 운남 땅에서 있었던 일들을 하나씩 이야기한다. 그리고 목화 이야기를 한다.

"그런 일이 있었어요?"

송이는 무덤덤하다. 무덤덤한 게 오히려 이상스러워 익점이 한 마디 더 덧붙인다.

"거기 우리 문씨 문중의 후손들이 있을지도 모르는데?"

"거 재미있구랴? 할아비 찾아 건너오지 않으려나?"

"그런 세상이 올지도 모르지."

익점은 목화 이야기를 하며 언젠가는 무역상이 되어 다시 교지로 가려 했던 꿈을 그려본다. 이제 그럴 나이가 아닌 게 안타깝다.

"세상사 어디 뜻대로 되는 거 봤어요?"

이렇듯 한가로이 두 내외분이 앉아 한담을 나누고 있는데 갑작스런 비보가 하나 날아든다. 포은이 선죽교에서 피살당하였다는 소문이다.

"세상에 이런 일이."

익점은 자기도 거기 그대로 있었다간 무슨 일을 당했을지 모른다는 생각으로 앞이 캄캄하다. 이 무슨 날벼락이란 말인가?

"이방원이 먼저 '하여가'라는 시를 지어 읊었는데 그 답가로 포은이 '단심가'를 지어 자신의 심정을 토로했답니다."

소식을 전해 듣고 온 현리의 말이다.

이방원이 지어 부른 노래는 이렇다.

이런들 어떠하리 저런들 어떠하리
봉래산 드렁칡이 얽힌들 어떠하리
우리도 이같이 얽어져 백년까지 누리리라

바람 부는 대로 물결치는 대로 잘 먹고 잘 살면 될 것 아닌가? 그러니 우리 함께 한 패가 되어 잘살아보자는 뜻이다. 이로써 포은이 새 왕을 옹립하는 데 한 패가 될 것인가 아닌가를 은근히 떠본 것이었는데 포은은 이런 노래를 불렀다.

이몸이 죽고죽어 일백번 고쳐죽어
백골이 진토되어 넋이야 있고 없고
님 향한 일편단심이야 가실 줄이 있으랴

천번 만번 죽는다 할지라도 안 된다. 천번 만번 죽고 백골이 다 썩어 없어져도 안 된다. 뿐만 아니라 사람의 혼령인 넋조차 없어진다 해도 안 된다. 안 되는 것은 안 된다. 어찌 나라에 두 임금이 있을 수 있을 것인가?

포은의 거절은 처절하도록 단호하다.

이방원이 누구인가? 이성계의 아들이다. 그는 한번 성질을 내면 참을 줄 모르는 멧돼지 같은 성격의 소유자다. 그는 포은을 집으로 불러 술을 권하며 은근히 마음을 떠보았다. 우리 아버지 이성계를 왕위에 올리자는 데 이의가 있는가? 그는 직설적으로

가 아니라, 시인 행세를 해가며 시로써 물어보았다. 포은 역시 단시로써 답했다. 수가 틀리자 이방원은 부하를 시켜 포은을 무참히도 포살하였다. 포은의 피가 물든 곳이 선지교라는 말에 익점은 몸을 부르르 떨었다. 이렇듯 무참한 살육으로 끝날 줄은 몰랐다. 선지교라면 포은을 처음 만났던 그 다리다. 말을 함께 타고 가자던 우정의 다리다.

그는 찬물을 떠오게 하여 상에 올려놓고 북향재배를 올린다.

"포은! 부디 명운을 비네."

그리고는 입을 다물었다.

내가 거기 있었더라면 나는 과연 어떻게 되었을 것인가?

익점은 이날 이후 문을 걸어 잠그고 두문불출했다.

1392년 7월 16일.

고려궁궐 수창궁에서 선양 형식으로 왕위를 계승한 이성계는 국호를 바꾸어 조선이라 하였다. 조선은 맑고 밝은 아침의 나라라는 뜻이다. 예로부터 단군조선, 고조선, 위만조선 같은 국호들이 있어왔으므로 거기서 따온 이름이다.

저들은 수도를 한양으로 옮기고 이를 한양천도라 했다.

삼봉 정도전이 함께 만들어가자고 했던 새로운 왕국이었다.

조선을 개국한 이성계는 수차례 사람을 보내어 익점이 다시 국정을 돌볼 것을 청하였지만 그는 이에 응하지 않았다. 이미 수많은 사람들이 죽어나갔고 역성의 나라가 이루어지고 있었다. 오히려 그는 아들들에게 '이군불사'를 당부하였다.

"하늘의 이치를 따라 살아라."

배양골 효자리는 목화향이 있어 그윽하였고 삼우당 문익점이 있어 그득하였다.

사람들이 몰려와 그에게 참됨이 무엇인가를 배우려 하였다. 그는 기꺼이 사람들을 가르쳤다. 가르침이란 따로 없다. 사람이 사람답게 사는 길이 무엇인지를 보여주면 되는 일이었다. 그러자면 자신이 먼저 본을 보여주는 길을 걸어야 한다. 사람은 죽도록 일하고 일해서 먹을 걸 마련한다. 그리고 이웃을 돌본다. 함께 살아야 할 일인 것이다.

그는 오랜만에 들녘을 향해 휘적휘적 걸었다. 손에는 지팡이 삼아 들고 다니는 괭이가 들려 있었다. 이제 그가 심은 목화꽃은 온 나라를 뒤덮고도 남을 만큼 아름답게 피어 사람들로 하여금 따뜻한 옷을 지어 입게 하였다.

"목화!"

그는 나직이 목화를 부르며 노을 진 들녘 한가운데로 걸어나간다. 이 한 송이의 목화꽃을 피우기 위해 얼마나 지난한 세월을 보내 왔던가? 등 뒤로 붉은 노을이 얼비쳐 백발이 성성한 노인네의 어깨를 비스듬히 내려 비추고 있다.

작가의 말

세상에는 영웅호걸도 많다. 천재도 많고 기이한 사람들도 많다. 그러한 이들을 일컬어 위인이라고 한다. 그러나 문익점은 이러한 부류에 속하지 않는다. 그러면서도 위인의 반열에 오른다. 무엇 때문일까? 이 소설을 쓰면서 내내 그게 궁금했다. 그게 궁금한 게 아니라 그걸 써내야 했다. 그걸 입증해내는 게 이 작품이다.

그는 보통의 벼슬아치들과 별다를 바 없는 통상적인 삶을 살았다. 그렇지만 누구나 겪을 수 없는 체험을 한다. 원나라에 사신으로 갔다가 교지(월남)로 귀양을 갔다는 이야기다. 거기서 목화씨를 구해 왔다고 전해지는데 그 근거가 세세하게 남아 있지 않다. 이 소설의 핵심부분은 그 복원작업에 있다.

문익점은 정치적 권력가도 전쟁을 이끈 무장도 예술가도 아니다. 다만 국운이 다해가는 고려 말에 태어나 물거품 같은 역사의 소용돌이 속에 서 있긴 했었지만 결코 중심적 인물은 아니다. 기록된 바로는 '중국에 사신으로 갔다가 붓 대롱 속에 목화씨 몇 알을 넣어 와 장인 정천익으로 하여금 그 보급에 힘썼다'는 사실 하나만 남아 있다. 유일한 기록인 〈운남 풍토기〉라는 저술을 남겼다지만 현존하지 않는다.

목화씨 몇 알을 가지고 온 게 뭐 그리 대수로운 일인가? 요즘 세상 같았으면 아무 일도 아닐 수 있을 것이다. 그렇지만 당시의 시대상을 다시 정리하다 보니 그처럼 큰일이 없었을 것이라는 점을 새삼 깨닫게 되었다. 의복의 일대혁명이었던 것이다. 갈포나 삼베 혹은 짐승 가죽을 걸치던 시절에 따뜻한 솜옷을 입게 한 것은 더할 수 없는 쾌거다. 사람이 사는 일 중 가장 중요한 세 가지가 있다면 먹고 입고 자는 일, 즉 의식주다. 그는 그중 하나인 의복 문제를 해결한 실질적 해결사였다.

그런데 그는 죽을지 살지도 모르는 머나먼 유배 길에서 무엇 때문에 그 목화씨를 가져올 생각을 했을까? 그게 이 소설의 테마다. 나라 사랑과 백성 사랑은 말로만 되는 것이 아니라 함께 더불어 살기를 원할 때 생기는 것이다. 원할뿐더러 그걸 실천하는 행동력이 필요하다. 옛 성인의 말씀에는 알고도 행하지 않으면 그 앎은 아무 소용없다 하였다……. 뭐 이런 식의 전기는 누구나 쉽게 쓸 수 있다. 소설은 이런 교과서적인 해석으로 써져서는 안 된다. 때문에 문익점에 대한 소설이 없다.

문익점이 우리나라를 대표하는 위인의 반열에 오른 단 한 가지 이유는 이 사랑의 실천에 있다. 헐벗어 추위에 떠는 민초들을 위해 목숨을 걸고 목화씨를 숨겨 들여오는 이 실천력이야말로 진정한 사랑 아닌가?

이 소설은 그 사랑의 이야기다. 그렇다면 그러한 사랑은 어디서 오는가? 작품의 완성을 위하여 소설적인 여러 장치들을 했다. 이 허구적인 장치야말로 소설의 본질이다. 여기엔 숙명적인 만남과 헤어짐이 있어야 한다. 이는 사실과는 다소 다를 수도 있다.

이게 역사소설의 한계인 동시에 묘미다.

이 소설이 나오기까지 우여곡절이 많았다.

어쨌거나 한국역사 인물 중 103인의 위인에 뽑힌 문익점을 소설화했다는 점에서, 오랜 기다림 끝에 출간을 한다는 점에서 보람과 긍지를 느낀다. 어려운 시기에 책을 내는 산지니 출판사 여러분들께도 고맙단 인사드린다.

2014년 3월
풀과나무의집에서 저자 씀

작가 약력

표성흠

_ 1946년 경남 거창출생

_ 중앙대학교 문창과, 숭실대학원 국문과에서 수학.

　문학 석사.

_ 1970년 대한일보 신춘문예에 시「세 번째 겨울」당선.

_ 1979년 월간〈세대〉신인문학상 소설『分蜂』당선.

_ 시집/『농부의 집』,『은하계 통신』,『네가 곧 나다』

_ 창작집/『선창잡이』,『매월당과 마리아에 관한 추측』,

　『열목어를 찾아서』

_ 장편소설/『토우』(전6권),『월강』(전3권),

　『오다 쥬리아』(전2권),『놀다가 온 바보고기』,『뿔뱀』,

　『친구의 초상』,『한 나무의 두 잎이』,『지비실 사람들』

_ 장편동화/『태양신의 아이들』(전2권) 등 전업작가로

　30여 년 동안 쓴 책 122권.

_ 연암문학상, 경상남도문화상 등 수상. 신문사 방송국

　교수직 등을 거쳐 지금은〈풀과나무의집〉에서

　후학들을 가르치며 지내고 있다.

:: 산지니 · 해피북미디어가 펴낸 큰글씨책 ::